André Balbo

AGORA POSSO ACREDITAR EM UNICÓRNIOS

Editores
Marcelo Nocelli
Lucas Verzola

Revisores
Marcelo Nocelli
Eliéser Baco (EM Comunicação)

Capa, desenho gráfico, imagens e editoração eletrônica
Estúdio Risco

Fotografia do autor
Tereza Quadros

Dados Internacionais de Catalogação na Publicação (CIP)
Bibliotecária Juliana Farias Motta CRB7/5880

B173a Balbo, André, 1991–

Agora posso acreditar em unicórnios / André Balbo. – .
-- São Paulo: Reformatório, 2021.

160 p. : 14x21cm

ISBN: 978-65-88091-17-3

1. Contos brasileiros. I. Título

CDD B869.3

Índices para catálogo sistemático:
Contos brasileiros
Literatura brasileira
Ficção brasileira

Editora Reformatório
www.reformatorio.com.br

aos irmãos de Lavoura, Lucas e Arthur,
pelo Campari e pelas reuniões seminus

aos olhos que riscam, Juliana e Humberto,
pela amizade que virou origami

Sinto-me nublado e ferido pelas marcas de mentes
e rostos e outras coisas tão sutis que têm cheiro,
cor, textura, substância, mas não têm nome.

VIRGINIA WOOLF, *As ondas*

Não me canso de admirar formas, gestos e sons
que expressam, mesmo sem usar nomes, alguma
espécie de bela fala muda.

WILLIAM SHAKESPEARE, *A tempestade*, II, 2

Sumário

1

Suzumebachi

Os termos "rainha" e "operária" aplicados aos insetos sociais foram cunhados pelo naturalista inglês Charles Butler em 1609, morto em 1647, depois de cair de seu cavalo enfurecido, que havia sido picado por vespas.

Gustavo Pacheco, "As formigas"

1

A suzumebachi é uma espécie de vespa típica de algumas regiões da China, sul da Rússia e Japão, no Ocidente conhecida como vespa-mandarina ou, ainda, vespa-gigante-asiática. Os ninhos das suzumebachi são construídos em espaços perto de raízes de árvores podres, cooptando túneis preexistentes cavados por ratos e outros roedores. Neles, não há uma, mas duas rainhas, situadas em zonas opostas. Para disputar a ascendência, antes da inseminação as duas se atacam até a morte de uma delas – ou melhor, assim seria, não fosse a intercessão eficaz das vespas-operárias, que, segundo os zoólogos, evolutivamente ciosas do interesse na variedade de linhagens para a perpetuação da espécie, se antecipam ao letal cotejo e com suas mandíbulas grandes cerram ao meio o vespeiro, destruindo-o, tornando uma das partes inabitável e expulsando dali uma das rainhas e centenas de operárias. À parte das demais, essas vespas imigrantes construirão um novo ninho, afastado do primeiro, que receberá uma linhagem diferente.

2

O *Enuma elish* é uma epopeia babilônica da criação do mundo, entalhado em sete tábuas de argila, cada uma com cerca de 150 linhas de texto cuneiforme. A versão encontrada nas ruínas da biblioteca de Assurbanípal é do século VII a.C., mas sua elaboração, supõe-se, remonta a séculos antes, prevalecendo hoje o parecer de que foi escrita durante o reinado da dinastia Isin, mais exatamente sob Nabucodonosor I (1124-1103 a.C.). Um exemplar novo da edição anglófona, traduzida por Timothy J. Stephany, publicada em 2013, pode ser adquirido por R$ 97,74 na Amazon. O ebook Kindle sai por R$ 6,97.

3

Quando, acima, o firmamento não tinha nome, nem a terra, embaixo, como ser chamada, existiam apenas as águas doces do primevo Apsu e as águas salgadas da caótica Tiamat, a mãe de todos, que se misturavam sem distinção num corpo abissal. Do encontro dessas águas informes foram criados os primeiros deuses: Lahmu e Lahamu, depois Anshar e Kishar, pais de Anu, que gerou o sábio Ea.

Em seus movimentos incessantes, ruidosos e arbitrários, os deuses que se criavam perturbavam as entranhas de sua nutriz Tiamat e irritavam seu pai Apsu. Seguindo os conselhos de seu filho e ministro Mummu, Apsu planejou exterminar a prole, mas a decisão chegou ao conhecimento dos deuses mais jovens, que pediram a Ea que o matasse. E assim ele o fez, depois de adormecer Apsu pela força de um encantamento e lhe retirar a coroa, construindo sobre o corpo abissal sua própria morada sagrada. Ali vivendo com sua esposa Damkina, gerou o poderoso Marduk, senhor das tempestades e detentor dos raios.

Para vingar a morte de Apsu e responder às novas perturbações de seu repouso, Tiamat decidiu exterminar os grandes deuses. Para tanto reuniu um numeroso exército e engendrou terríveis criaturas: a Víbora, o Dragão, a Esfinge, o Leão Gigante, o Cão Louco, o Escorpião, os Demônios-Leões, o Centauro e o Unicórnio.

Ante a ameaça, Ea determinou a seu filho Marduk que se medisse com Tiamat. Prevalecendo no confronto, com sua flecha ele atravessou o ventre da mãe de todos, abrindo suas entranhas e rasgando seu coração. Em seguida, como a um molusco ele a dividiu em dois, com a metade superior cobrindo o céu e puxando as bordas para baixo a fim de não permitir que as águas escapassem. Em seguida tomou da saliva de Tiamat para formar as nuvens, que encheu de água, e distribuiu os ventos, a chuva, o frio e o nevoeiro. Modelando a cabeça de Tiamat fez os montes, nos quais abriu lugares para o fluxo das águas das profundezas, fazendo jorrar de suas órbitas o Tigre e o Eufrates. Assim foram cobertos os céus e estabilizada a terra, e se lhes impuseram limites e regras, e então Marduk fundou os lugares sagrados, para que lhe pudessem render homenagens, garantindo a si o primado entre os deuses e a demiurgia do mundo.

4

Quando Melissa completou sete anos, ganhou do pai seu primeiro microscópio. Primeiro não porque depois outros viesse ganhar, mas assim em nome: Meu Primeiro Microscópio.

Nessa época, Melissa gostava de capturar vespas e marimbondos no quintal de casa, confinando-os num pote de plástico vedado, sob o sol, até que ficassem secos de tão mortos. Da distração fez-se o hábito, que durou alguns anos. Desejava, a princípio, observar aqueles insetos voadores bem de pertinho, no tal microscópio, instrumento cujas partes todas seu pai foi ensinar o nome antes mesmo de lhe ensinar o manejo. Se não souber o nome das coisas, prescrevia o pai, de nada adianta saber para que servem. Braço, base, parafuso macrométrico, parafuso micrométrico, lente objetiva, platina, pinças, diafragma, lentes. Nomes ou funções, tiveram utilidade três ou quatro vezes. Depois de quebrar todas as lâminas devido ao mau uso do parafuso macrométrico, Melissa deitou de lado o microscópio e aferroou-se ao antigo costume: capturar vespas e marimbondos num pote de plástico.

Ao contrário do que pensou a mãe ao tomar conhecimento da atividade, Melissa não se tornou uma adolescente rebelde ou violenta; nunca bateu nas amigas nem arrumou qualquer tipo de confusão na escola, mesmo depois da morte do pai. Aos catorze anos, entre o karatê e a natação da academia do bairro, preferiu a harmonia das raias. Diferente das amigas, nunca tingiu escondida o cabelo com papel crepom e tampouco teve predileção por filmes de terror. Sua única tatuagem é um pequeno *kanji*, no tornozelo esquerdo, que significa "guerreiro". O tatuador, desprovido de conceitos, dissera que significava "felicidade". Melissa nunca voltou para tirar satisfação, embora a falta lhe tivesse custado o equivalente a uns doze ebooks da tradução de Timothy J. Stephany do *Enuma elish*.

5

O desenho animado *Caverna do Dragão* estreou no Brasil em 1986, no programa *Xou da Xuxa*. Tanto na versão original quanto na versão brasileira, Tiamat, temível dragão de cinco cabeças, é dublado por um homem. No jogo de RPG que inspirou a série, Tiamat é rainha dos dragões.

6

Tem dias que eu fico pensando na vida
E sinceramente não vejo saída
Como é por exemplo que dá pra entender
A gente mal nasce e começa a morrer
Depois da chegada vem sempre a partida
Porque não há nada sem separação
Sei lá
Sei lá, a vida é uma grande ilusão
Sei lá
Sei lá, só sei que ela está com a razão

7

De premissa simples, a série animada *Caverna do Dragão* acompanha um grupo de seis jovens num parque de diversões que sobem numa montanha-russa e vão parar em outra dimensão, um lugar chamado Reino, onde recebem armas mágicas para sobreviver num mundo de feitiçaria. Ao seu redor, quatro personagens secundários: Uni, um filhote fêmea de unicórnio, que se torna companheiro do grupo; o Mestre dos Magos, um guia que sobrevém, dá lições por meio de metáforas e desvanece; o Vingador, feiticeiro opressivo que os persegue tentando roubar suas armas; e Tiamat, uma deusa-dragoa de cinco cabeças, implacável rival do Vingador.

"Requiem", o episódio final da série, apesar de escrito nunca foi produzido, o que investiu os fãs em suspense e aguçou uma série de dúvidas, entre elas, quais os reais propósitos do Mestre dos Magos, do Vingador e até de Uni, bem como o verdadeiro motivo de os seis amigos terem acabado naquele mundo fantástico. Vingou durante muitos anos o boato, difundido entre os mais fanáticos, de que o último episódio nunca foi e nunca seria produzido porque a Toei Animation, responsável pela animação, cancelou a compra do roteiro, nas palavras de um diretor, por considerá-lo "tétrico e maligno".

Neste presumível capítulo final, Tiamat, depois de aprisionar os aventureiros, liberta-os e revela o mistério: não importava o que fizessem, eles nunca mais voltariam para a Terra. Quando estavam descendo no carrinho da montanha-russa, não cruzaram nenhum portal para outra dimensão; a composição descarrilou e caiu, vitimando a todos os seis. Como nenhum deles havia sido benévolo em vida, sempre desobedecendo aos pais, foram atirados num labirinto do inferno. Cruel e sádico, um demônio resolveu pregar-lhes uma partida, por vezes surgindo como Vingador e os acossando, outras como Mestre dos Magos e os confundindo com palavras sem sentido. Uni, o dócil unicórnio, era na verdade um anjo mau infiltrado pelo próprio demônio para induzi-los por caminhos tortuosos, atrasando-os e provocando situações de conflito. Por fim, Tiamat, a deusa-dragoa, era um anjo benigno enviado para o inferno para ajudá-los a compreender a verdade.

8

Em junho de 2008, o Centro de Ciências Naturais de Prato, na Toscana, divulgou imagens de um cervídeo que nasceu com um único chifre, no centro da cabeça, e ganhou o apelido de Unicórnio. De acordo com Gilberto Tozzi, diretor do centro, é possível que uma falha genética tenha causado a anomalia. Em entrevista ao *The Guardian*, Tozzi afirmou que o caso era a prova de que o mítico unicórnio, exaltado na iconografia e nas lendas, talvez não fosse apenas um ser fantástico, mas um animal real, uma corça ou outra espécie com mutação similar àquela. Segundo algumas lendas, seu chifre tem o poder de reverter o efeito de venenos.

9

Os Protocolos dos Sábios de Sião reunia atas forjadas de um concílio que teria sido realizado na Basileia, em 1898, em que ordens judaicas e maçônicas teriam se associado para estruturar um projeto de dominação mundial. O conteúdo foi traduzido para vários idiomas e difundido por todo o mundo no início do século XX. Quando os nazistas ascenderam ao poder, em 1933, o falso conteúdo foi utilizado por Hitler como propaganda antissemita. De nada adiantou a contundente demonstração que havia feito Philip Graves, correspondente internacional do *The Times*, em 1921, de que *Os Protocolos* era um documento falso, reunindo diversos plágios do livro *Dialogue aux enfers entre Machiavel et Montesquieu*, de 1864, uma sátira política escrita pelo advogado francês Maurice Joly como forma de protesto contra o regime de Napoleão III.

10

Em outubro de 2013, o Centro de Ciências Naturais de Prato comunicou a morte de Unicórnio, a corça de um chifre, em razão de um ataque fatal de vespas-mandarinas. Os biólogos responsáveis pela investigação do caso concluíram que as vespas advinham de dois ninhos construídos nas proximidades do cativeiro do animal. Segundo os pesquisadores, essa espécie de vespa, estranha ao solo italiano, foi ilegalmente transportada, no começo do mesmo ano, como parte de um experimento de uma empresa de biotecnologia japonesa que acredita ter descoberto a cura do câncer.

2

Cosme, o menino de cima

"Ninguém à vista", disse Alice. "Só queria ter olhos como esses", observou o Rei num tom irritado. "Ser capaz de ver Ninguém!"

LEWIS CARROLL, *Alice através do espelho*

AOS QUARENTA anos, este ponto estranho da vida, o esquecimento se transforma num tipo de lembrança, e a lembrança, num tipo de esquecimento.

Durante meus anos de apreço à verdade eu soube que Cosme fora um amigo imaginário. Raro ouvir de criança que não tivesse um ou mais. Elaborações materializadas numa pessoa, animal ou até mesmo brinquedo, projetadas nas retinas pela simples ideação, amigos imaginários são mais complexos do que noventa e nove por cento dos protagonistas de best-sellers contemporâneos. O meu era uma pessoa: Cosme, o menino de cima, como eu o chamava quando me perguntavam de quem ou com quem eu estava falando. Nossas primeiras trocas são do tempo em que, entre meus três e quatro anos, meu pai construiu uma casa na árvore no quintal do meu avô.

Era uma árvore muito engraçada. Meu avô, um bêbado, dizia que era siamesa, porque de suas raízes, profundas e bem firmadas, cresciam dois troncos de espécies distintas, cidreira e carvalho, ambos fortes, nodosos, resistentes, mas ao cabo diferentes, de modo que até os galhos e folhas tinham configurações diversas, árvore dois-em-um. E foi nessa carvalheira que meu pai ergueu, a uns dois metros da terra, meu forte apache, com dois postes de apoio bem assentes, parapeito, escada de corda feita de tábuas curtas, e serragem em todo o chão batido por um raio seguro, para amortecer o impacto, acaso eu ou Cosme nos agitássemos mais do que se devia. E porque nesse abrigo víamos um ao outro, acreditávamos um no outro. Meu avô, plantado na indelicadeza de suas botinas de pelica gastas, e aos poucos longe da razão, rosnava que casa na árvore era delírio da modernidade, e que depois de um ano eu não subiria mais ali, quando eu descobriria cheiro de mulher e só pensaria em trepar outras raízes. O velho só foi desarraigar do assunto quando meu pai argumentou que a composição valorizava o imóvel, que eles tentavam vender havia anos, porque quem está buscando casa grande ou já tem filho em idade de estripulia ou está para fazer o primeiro.

Foi nessa casa da árvore, inviolável, que eu e Cosme, indiferentes às trapalhadas dos adultos, apanhamos todo tipo de aventura às voltas com ioiôs, quebra-cabeças, Comandos em Ação, Ferrorama, Traço Mágico, Playmobil, Aquaplay. E besouros. Sim, brincamos não apenas com os plásticos inertes mas também com as vivas coisas. Os fede-fedes, abundantes no quintal, e que só depois de anos eu descobriria que na verdade eram percevejos, eram nossos preferidos, meu pai proibindo que os chamássemos de "maria-fedida", porque só em dizer ou pensar "Maria" se lembrava da mãe e haja uísque para essas lembranças. Tínhamos um vidro de palmito cheio deles; se remexiam por vários dias mesmo sem ar e, quando o abríamos porque haviam paralisado, o cheiro forte que subia machucava o fundo dos olhos e se incutia no pescoço e nas ideias, uma náusea de corpo todo que durava bem umas horas, mesmo depois de despejar os insetos no terreno do vizinho e esfregar o pote com sabão azul na bucha. Meu pai não gostava daquilo, nem um pouco: que catinga é essa? não me diz que tá de novo juntando bizôrro!, não tô, juro, não mente pra mim, Robertinho!, foi o Cosme, pai – essa resposta se tornando meu amuleto dos indultos: quem sujou de barro o tapete?, foi o Cosme, pai, quem largou a Coca-Cola aberta?, foi o Cosme, pai, tolete na privada, foi o Cosme, pai, televisão ligada, foi o Cosme, pai, meu uísque diminuiu, fui eu, caralho, respondia meu avô.

Não descobri o cheiro das mulheres de que tanto falava meu avô e muito menos o do uísque. Sem compor laços de amizade significativos, na escola ou no bairro, passei todas as minhas férias escondido na casa da árvore até uns onze ou doze anos, com medo de ser pisoteado pelas pessoas de baixo. Se me perguntassem até outro dia, poderia descrever seu interior com um sem-número de minúcias, mas por ora não me lembro de nada porta adentro, além da aspereza das paredes que compensava minha inocência. Fora ou dentro, perto dos seis anos já não havia mais Cosme: foi viajado para outro país e deu vaga a fabricações de um sistema mais pronto, acelerado e eficiente, capaz de fabular demandas antes mesmo que despontassem as necessidades: rolimã, patins, o Super Nintendo até que enfim.

Aos trinta e três anos minhas dependências já estavam tão integradas ao processo que decidi fazer parte dele desde a ponta de onde as coisas vêm. Aproveitei o quinhão prometido da herança do meu avô para uma empreitada que mudaria o caminho das minhas memórias. Não tendo concluído a faculdade de engenharia e muito menos a de contabilidade, alternei do meio dos vintes até os trinta entre franquias frustradas, chocolates, sorvetes, cosméticos, mas sempre os funcionários, as contas, a gestão, a pressão da esposa imprevista e a sombra das crianças mais ainda, todos à minha volta exigindo para si instantes cada vez mais completos. Até surgir a ideia-fixa.

A vida vem em ondas, trilava a música que eu odiava desde criança, mas verdade é que o mundo havia mudado, de fato eram tempos modernos, e era preciso atualizar o software mental, como dizia o jovem bonito e bem-sucedido do workshop de empreendedorismo cujas frases faziam lembrar os best-sellers contemporâneos. Não hesitei em investir todos os meus recursos num projeto inovador, simples no conteúdo e talentoso na forma, como todas as boas ideias desde o Stonehenge, as pirâmides e o Hubble: uma rede social para aventureiros-viajantes. Descontos em albergues e hotéis, passe-livre para museus, bibliotecas e shows, bicicleta grátis, sistema de acúmulo de pontos para troca por produtos e serviços, tudo em parcerias com prefeituras e órgãos dos municípios e empresas de turismo locais, de Bagé a Kuala Lumpur. Aplicativo gratuito na versão simples e com versão premium por apenas US$ 19,90 por ano – o segredo, os anúncios. Eu, que só andava na vertical e praticamente nunca excedera dos limites do terreno do meu avô, até me mudar para a cidade, idealizador de uma rede social para viajantes.

Quando se é empreendedor, a palavra-chave é paciência. Não difere muito do ofício do pescador, que, ao contrário do que muitos pensam, não é a pesca, a fisgada, o grande momento, mas a espera. Garoupa não morde isca posta por dedo inquieto, conhece o ditado o bom pescador, rezava meu avô. Nada vem de mão beijada, tudo leva tempo, tempo é dinheiro. Entre a minha ideia e a sua execução havia muitos custos e etapas: analista de mercado, banco de investimento, investidor-anjo, gestor de marketing, desenvolvedor de software, o cara das finanças, o advogado societário, equipe de design e tanta gente que não demorou para que eu aprendesse a maior virtude do mundo dos empreendedores: o desapego. Desapego, nesse meio, significa que nem toda ideia precisa ser executada por você. Um gênio tantas vezes concebe a ideia e depois a vende, sem dela recolher os frutos mais carnudos, o que, no fundo, era o argumento do meu pai sobre o valor da casa da árvore.

Minha esposa não concebia esse mundo. Insatisfeita, teimava que, se um projeto estava pronto, devia ser colocado em prática, e não vendido, então eu opunha, antecipando a motivação de sua teima, que colégio bom só valia a pena depois do primário. Também não entendia que a crise mudava toda a lógica do mercado e não apenas o preço do tomate, e que vender minha ideia foi a melhor decisão que eu podia ter tomado. Como assim a melhor, Beto, você vendeu por quase vinte vezes menos do que investiu!

E Cosme com isso? Tudo. Em primeiro lugar porque, quando nos desviamos de alguém, os inúmeros acasos comezinhos, trabalhando na mudez do anonimato, rearranjam os corredores da vida até que sobrevenha um reencontro, que é o que acontece quando se topa três, quatro vezes seguidas com a mesma pessoa conhecida no supermercado do bairro. E, em segundo lugar, porque, não fosse a precipitação dela, da minha esposa, talvez Cosme não tivesse reaparecido naquela época, mas quis ela, dois dias depois do meu aniversário de quarenta anos, engordar os olhos bem cedo e sem bocejo acometer: quero me separar, Beto. Não era por causa de dinheiro, afiançava apoiando a têmpora no indicador, e no fim das contas não era capaz de nomear um motivo concreto sequer. Não foi surpresa que recorresse à frase feita dos que não se entendem a si mesmos: tem algo estranho com você, Beto, você não explica o que aconteceu com o negócio, não explica por que a coisa não andou, como foi perder o investimento. É claro que eu não explicava os pormenores, ela mesma repetia que odiava os jargões, os conceitos, as palavras em inglês. Bem-disposto, prometi que falaríamos com calma, pedindo antes que ela deixasse as crianças na casa da sua mãe para que ficássemos à vontade. É a última vez que faço isso, Beto.

Durante o isolamento passageiro, minhas engrenagens rotacionaram à perfeição, prontas para narrar a verdade, desembuchar, como ela queria. Sem as crianças por perto, expus em detalhes como conhecera meu sócio oculto, um investidor milionário, envolvido em dezenas de megaempreendimentos, doutor de universidade estrangeira, ex-diretor de uma empresa avaliada em um bilhão de dólares, homem de networking extraordinário, cuidaria de todas as operações financeiras da startup que eu idealizara. Era por questões contratuais que eu nunca mencionara o nome dele a ninguém, nem mesmo a ela, sob pena de naufragar o negócio todo. E, contudo, esse sócio me enganara, me traíra: roubara minha ideia e, versado em contratos e contatos, armara um estratagema tão intrincado que ainda que eu tentasse desafiá-lo na justiça o prejudicado seria eu, tamanha a quantidade de documentos que me fizera assinar às cegas. A única vantagem que me havia concedido, como refrigério e acordo de silêncio, era assinar a venda da startup por um valor simbólico, suficiente para investir numa franquia de cachecóis de verão, comercializados por uma empresa cuja maior parte das ações ele mesmo detinha. O nome desse sócio: Cosme.

Ela me escutou por pouco mais de meia hora, tempo que fui capaz de sustentar a narrativa, e não se valeu de nenhuma das minhas pausas graves para insinuar réplica ou objeção. Deixando-a com os próprios pensamentos, usei de um banho quente para rememorar minha fala, buscando entender se a estupefação que ela me devolvera como resposta constituía ignorância ou descrença. Enrolado na toalha, de cueca, eu a achei outra vez sentada na borda da cama, as olheiras profundas, talvez sono; ao lado dela, minha mala de viagem aberta. Ela se adiantou dizendo que era sua vez de desembuchar: estou apaixonada, Beto, como assim apaixonada?, não sei explicar, só estou, quem é ele?, já faz um ano, Beto, diga qual o nome dele!, é seu ex-sócio, Beto, estou apaixonada pelo Cosme. Pude sentir o cheiro morto dos besouros recalcando minhas órbitas.

Aos quarenta anos, manipular memórias pode ser temerário. Depois de muita insistência, língua mole em dente duro, algumas cáries imaginadas se materializam na superfície. Deixando para trás brinquedos, experiências, besouros e percevejos, Cosme ressurgira de seu escapamento, não mais meu benquisto amigo, muito menos imaginário: era um ex-sócio vivo, com membros e cheiros, trapaceiro de ideias e amante da minha esposa. Por sua culpa, por culpa de seu regresso, perdi meu negócio, perdi meus filhos e tive que sair de casa.

Ao menos o carro era meu e não era longe a estrada para a antiga casa do meu avô, na qual então meu pai demorava sozinho – nenhum dos dois jamais conseguiu vendê-la. Não pisava lá havia muitos anos, talvez mais de uma década, por isso levei um bolo de passas, seu preferido, e duas cervejas importadas para elaborar boa figura. Divórcio está na moda, Roberto, disse meu velho pai, fazendo balançar o cigarro de palha pendurado no lábio inferior, antes de reclamar do sabor da cerveja, esse mijo de alemão não vale uma Skol!, é belga, pai, tanto faz se é belga, alemã, é tudo a mesma merda custando os olhos da cara! Entre resmungos e caretas, suas ancas murchas se indispunham com a cadeira de descanso da varanda térrea no quintal. Seus olhos, muito pretos e lavados, eram grandes como as azeitonas chilenas que eu deixara de comprar de tira-gosto por causa do preço das cervejas. As sobrancelhas, espigadas e fartas, corriam crescentes para as têmporas, parecendo duas antenas. Sobre a mesa de madeira esfarpelada, um inseto inexpressivo se arrastou lento e eu o tomei na palma direita para identificá-lo: uma boa e velha maria-fedida. Ainda essa mania, Roberto?, fazia tempo que não via um, respondi evitando dizer "uma", e com um piparote a lancei ao mato alto, onde ali crescia a carvalheira, árvore siamesa, árvore dois-em-um, árvore feita de anos sossegados, intacta, como memorial bem preservado, resistente às vontades e acidentes, não se podendo dizer o mesmo do meu antigo esconderijo, a casa da árvore, onde a história da minha ruína começara, dali desmontada, ou destruída, sabia-se lá há quanto tempo. Perguntei dela ao meu pai.

Que casa da árvore, Roberto?

Dos meus quarenta anos até os setenta e tantos do meu pai ainda havia muitas memórias para manipular, outras tantas para furtar, incontáveis para esquecer. Ele tinha o olhar opaco e disperso, os dentes bobos nas gengivas e nas pernas a incerteza dos mambembes, e não se lembrava da casa que ele construíra com o viço das próprias mãos. Imagine-se quantos outros troncos da nossa história sua confusão devia ter arrancado, como numa tempestade furiosa em ventos e quedas. Virei o resto da cerveja de um só gole, celebrando o amargor como um triunfo pessoal. Sim, Cosme roubara minha ideia, meus filhos e minha casa, mas minha vingança já havia sido executada muito antes, uma revanche previdente, mais forte que as correntes do tempo e os acasos de suas empresas fraudulentas. A casa da árvore, primeiro lar de Cosme, a única lembrança concreta de seu passado, seu mito original, derrubada pelo meu velho pai, apagada do subterrâneo da memória daquelas raízes sob a terra da minha estirpe. Esse esquecimento, agora insuperável, foi com certeza voluntário.

Farto do mijo importado e refeito pela vitória, levantei-me com os cotovelos e fui até o velho armário de bebidas, todas elas sem as tampas originais e frouxamente obstruídas por guardanapo torcido ou chumaços de algodão. Minhas narinas se deixaram atrair por um dos cheiros, cuja origem parecia ser uma garrafa redonda e achatada. Retorci a tampa improvisada e aproximei o nariz da embocadura, inspirando com interesse. Inesquecível a sensação: o fundo dos olhos comprimido, as ideias ambíguas, o corpo todo afetado, mas então sem o torpor nauseante, antes um apelo de coragem no gosto renovado das gengivas ainda firmes. Servi-me de uísque.

3

A última marcha noturna

(...)
estou sempre
no meu encalço
fico de butuca
corro atrás

mas escapo
fujo
de mim

Lilian Aquino, "Da perseguição"

A cidade é pedra, morna, vazia. A chave para não ser infeliz é não buscar significados, apenas manter-se absorto em coisas sem sentido e, repassado o tempo, paramos de escarrar dióxido de carbono. Enquanto o nariz tem uso, somos câmeras com o obturador aberto, totalmente passivos, registrando quadros turvos sem pensar. É algo que aprendemos sem precisar assistir à janela indiscreta de Hitchcock, ao Gyllenhaal sociopata de *Nightcrawler* ou simplesmente às exibições do Datena; bastam os episódios mais corriqueiros da vida, basta, por assim dizer, uma mudança de posição, ou um ajuste de foco, como quando se está na fila do drive-thru do McDonald's da avenida Angélica.

São duas e muitas da manhã de um sábado e ele está sóbrio, esperando. O Palio vermelho da frente começou o pedido há mais de três minutos, interstício absurdo em se tratando de um fast-food, o que imagina encontrar, salmão com alcaparras? Impaciente pela demora, só não impôs a mão à buzina porque o retrovisor interno tomou sua atenção: no carro de trás, cor prata, um Civic?, o motorista careteia e parece falar sozinho enquanto um galope eletrônico inunda a espera coletiva. Nem trinta na cara, tem folga nos olhos e é impossível dizer se está cantando os versos indecifráveis da barulheira repetitiva ou ensaiando uma mentira para replicar entre seus amigos. Mas o solilóquio vai se esvaindo na medida em que as caretas se tornam mais enfáticas e ele vai deitando a cabeça no encosto, até que, finalmente, o Palio retardio apronta o pedido e segue para a próxima cabine.

É sua vez e, como qualquer bom hipócrita, é claro que ainda não escolheu o lanche; sem criar dilema emenda a promoção do dia com batata média e Coca. Com o cartão em riste, não se decide entre deter os olhos no boné vinho ou nos aparelhos brilhantes do rapaz da cabine, qualquer um dos focos leva vantagem sobre o rosto dominado por espinhas bravas, como uma partida de campo minado perdida de início, os computadores ainda tinham aquele jogo? Dezenove e noventa, senhor, é débito?

Antes de proceder à retirada, relanceia outra vez pelo retrovisor: o sujeito do Civic alonga um sorriso marrento e, girando o pescoço para o lado, diz qualquer coisa à moça recém-aparecida cujos olhos, lançados para frente, virtualmente caem sobre os seus. O encontro no espelho, ainda que milesimal ou imaginado, alguma coisa lhe provoca, mínima, como uma têmpora espetada por uma gota de suor, e sua mão vacila entre enxugar a partícula ou deixar que curse livremente seu caminho sobre a pele ressequida, estimulando cócegas indevidas até desaguar na barba e ser drenada pelas cerdas. Desvia os olhos automático, forceja uma tosse e escolhe um ponto fixo na traseira do Palio à frente: COR-9901, se trocar a ordem dos algarismos obtém o valor do pedido, e nesse passeio confirma o princípio de que ninguém quer ser visto enquanto vê. A união efêmera no retrovisor é pretexto para gastar tempo. Está sozinho. São quase três da manhã de um sábado, está sóbrio e sozinho. Segue para a última cabine e fita, especulativo, uma vaga de espera na saída do drive-thru, logo antes da avenida, destinada aos clientes atentos que dão pela falta do molho do nuggets. A essa hora quase não há vivalma transeunte e, ainda houvesse, ninguém mesmo presta muita atenção em nada depois da meia-noite, quando nos ares prevalecem os apetites. Estica o braço pelo saco para viagem, dispensando mais ketchup, e prossegue até parar na vaga de espera. A mão que gira a chave no sentido anti-horário é a mesma que empalma umas batatas, o amálgama vaporoso de óleo e amido franqueando suas narinas.

O Civic demora dois minutos, tempo suficiente para reduzir o refrigerante a um acúmulo de saliva e gelo. De vidro aberto, o carro avança e chega a correr parelhas com o seu; no limite do nivelamento, vislumbra não mais que a silhueta da passageira cujos olhos conheceu no retrovisor, e tem a vista captada por seu antebraço, lasso através da janela, ornado por uma tatuagem colorida que se derrama até a mão, os dedos premendo um cigarro. Tentando identificar as cores através da fumaça expelida em sua direção, deixa de reconhecer o próprio desenho. A observação é interrompida quando, sem dar seta, o Civic arranca e vira na faixa mais além da Angélica, descendo no sentido da avenida Higienópolis, não sem antes celebrar a volúpia de sua angústia buzinando para o nada. A Honda lucra milhões graças a esse maquinismo psicocultural nascido há milênios, no dia em que nosso ancestral primeiro montou um cavalo.

Desenseba as mãos no jeans e emenda partida com ligeireza na ideação e economia no andamento. Mantém o pé direito esporeando o freio para que a distância guardada seja sempre de uns dez metros. Leu em algum lugar que é assim que se faz. Uma imprevista destreza o faz sentir como se essa primeira vez fosse uma prática recorrente. Em menos de dois minutos desbrava os cruzamentos do nordeste urbanoviário da Consolação: Sergipe, Alagoas, Piauí e, por último, rua Maranhão. Só não se pergunta sobre o motivo dessas nomeações porque, em se tratando do bairro em que está, presume sempre o pior e não pretende correr o risco de estar errado. Pega todos os semáforos abertos e não se surpreende. A mixagem eletrônica do Civic à frente continua troando das caixas de som ao breu de luzes brancas e amarelas baixas que, de quando em vez, luzem em sentido contrário, outros itinerantes exaltando combustível.

Talvez por acharem a cidade mais vazia, silenciosa, amena, há entre os condutores noturnos uma tola autoconfiança, uma sensação de controle típica dos que são controlados. Alguns, inebriados pela mentira, chegam a dizer que adoram dirigir à noite. E a cidade desafia, chama, diz que é travessia, estrutura percorrida, mas é ela quem se move, torce, desloca e extravia, suga luzes e motores, almas cheias de tarifas. Os impulsos dessa conjunção se fundem em grossas e moderadas gotas de chuva que começam a ressoar no vidro, na capota, no asfalto, na cidade, ecoando entre as paredes do seu crânio como biqueiras nervosas. Se no ano passado se falou tanto em secura de setembro, um ano depois o mês adivinhou na forma de indenização. Na última quinzena choveu a dar em potes, dizem que cinquenta por cento acima da média normal esperada.

Superadas quatro quadras acima da velocidade máxima permitida, o Civic começa a frear pouco depois de cruzar a Higienópolis e, como sinalização não fizesse parte de seu glossário, o mais provável é que dobrasse logo à direita. Depois da conversão, o carro toma a segunda à direita e, finalmente, na rua Sabará, a primeira à direita, perfazendo um quadrilátero que o deixa no começo da avenida Higienópolis. Desacelerando bruscamente, o carro embica na entrada da garagem de um prédio. Dez metros atrás, firme no pacto travado consigo mesmo, não dá chance à reflexão e corre o volante à direita, estacionando numa vaga transversal da via ao lado de outros carros. Desliga o motor.

Mantém a chave no contato para ouvir a rádio, arrojando a mão do câmbio pela vitualha ensacada. É inacreditável: o trajeto não demorou nem cinco minutos e o lanche está frio como pernil espichado, sem falar no tamanho irrisório. Leu dia desses que os cientistas descobriram que o rosto humano foi moldado para resistir a socos. Secando a graxa da boca no dorso da mão e amassando o saco pardo de papel, mais gordurento que telefone de açougueiro, constata uma outra ciência avulsa: o triplo cheeseburger foi moldado para resistir a três mordidas.

A forma breve do lanche, reduzido a uma massa agarrada aos molares, o faz se entregar a algumas ruminações enquanto ouve a rádio no máximo com os lóbulos. Como para se desprender da sujeição da chuva, apura a escuta tentando se acostumar ao som das pingas até pareçam desvanecer, e atina que a estação sintonizada homenageia Wagner Domingues Costa, o Mr. Catra, tocando um de seus hits; morreu domingo passado, informa a falante, dois meses antes de completar cinquenta anos, o motivo, um câncer no estômago. Diz ela que o cantor atribuía a doença ao excesso de álcool e a noites sem dormir. Espelhando-se, conclui que tem só mais uns vinte anos pela frente.

Câncer era mesmo um serviço hediondo. Decidissem suas entranhas um dia germinar aquela merda, faria igual à sua mãe, que morreu sem a necessidade de tratamento, havia quase um ano. Contava dias para a data cheia, lavrando a ilusão de que vizinhos, colegas e conhecidos deixariam de atazaná-lo com condolências. A meditação chamusca uma faixa da sua nuca cujo calor se expande e, pagando pedágio para os ombros, sobe para a cabeça, estacionando na testa e nas orelhas, fazendo-o voltar a ouvir os ataques da chuva; esfrega com as mãos o couro já não mais tão cabeludo e por instinto faz menção de alcançar o porta-luvas, mas rearranja as sensibilidades, inspirando as próprias lembranças.

A chuva afina.

Já devia ter voltado. Levantou com as mais tardias estrelas e levantará outra vez daqui a poucas horas para pegar estrada; e lá está, parado a uns dez quilômetros de sua casa ouvindo a segunda ou terceira música seguida do Mr. Catra enquanto espera não sabe o quê. *Imagina nós de*

Megane ou de Citroën. Dá-se por convencido do encalce da madrugada, esquece o sujeito do Civic e sua passageira, e faz o que devia ter feito desde que saiu do drive-thru: liga o aplicativo e define sua casa como destino para, quem sabe, fazer uma última corrida, é por isso que está trabalhando com essa merda, afinal. A notificação grita incontinente: avenida Higienópolis, 148, maravilha, logo em frente, André, 4,91 ★, pagamento em dinheiro. Dá partida e, recolhendo do meio-fio o para-choque de sua solidão, sai de marcha à ré para depois avançar coisa de quinze metros.

Ele entende: o lugar da corrida é o mesmo prédio do Civic. E se frustra: o farsesco da vida o fizera confiar que o passageiro seria um dos dois que acossara até ali, expectativa que havia nutrido entre as mordidas do sanduíche sem perceber. Mas era um terceiro qualquer. Com sua aproximação, enfia os restos da ágape escorregadia no lixo do câmbio, desce o vidro e, em vez do cara-crachá, se preocupa mais refletindo se o arco-íris na camiseta do passageiro é uma estampa genérica ou identifica alguma causa. Opa, boa noite, tudo bem? boa noite, é o André?, eu mesmo, o passageiro confirma, abrindo a porta de trás e insinuando duas pernas descobertas, e num relance não há como ignorar que, além da camiseta, veste apenas uma sunga escura.

Entre confirmativo e indagador, reflete que o mais razoável era que tivesse percebido o fato antes, enquanto o passageiro sem calças caminhava da portaria até o carro.

Fugindo à autocensura, prende a vista ao trajeto sugerido pelo aplicativo, rearranja a postura no encosto e engata a primeira. Mantém-se cômodo, à toa, sabe fazer dos olhos eufemismo, rondando à noite já pegou todo tipo de gente. Madrugada dessas correu com um de Osasco até a Barra Funda como se o lábio inferior rasgado e o sangue na camisa branca do anônimo fossem pormenores indiferentes. Cheirador, bicheiro, punk, hare krishna, bacharel traficante, padre balonista, ator da Record, casal de três, velha malufista, não há rejeitado indigno de travessia. À noite são todos iguais: indiferenças replicadas, o que muda é o caminho.

Você não tem cara de motorista de aplicativo, sabe? A frase de André se desprende de supetão, mas o recheio é familiar. Atento ao trânsito inexistente, responde que, na verdade, não passa de um trabalho temporário, suas manhãs e tardes, pelo menos por enquanto, ainda se desdobrando dentro da sala de aula. A explicação desata um diálogo nada espontâneo, como se André o tivesse demarcado antes, o que reforça o acerto da decisão de não desviar os olhos da via e do celular para o retrovisor. Que falassem somente com as vozes.

Então além de Uber você dá aula, é? Aula do quê?

De português e filosofia, pra colégio mesmo. É que eu me formei em letras e depois fiz mestrado em filosofia, os dois na USP.

Eu sabia!

Como assim?

Eu sabia que você não era só motorista, aí apostei comigo mesmo cinquenta reais que você tinha feito universidade. Pública, claro.

Desculpa, sabia como?

Eu sou onisciente. Tô brincando. É que você não tem cara de quem passa fome, nem de quem é neto do Olavo Setúbal.

E você acha isso suficiente pra concluir que uma pessoa fez universidade pública?

Não sei se é suficiente, mas eu só aposto quando tenho certeza. E eu acertei, né?

Sente um impulso de protestar com os freios e se torcer para trás fechando rosto e punhos, o que compensa também com uma aposta consigo mesmo: seguir até o final da viagem sem olhar o passageiro nenhuma vez.

Entendi. É, então, eu tô nessa porque quero cair fora, sabe? Do país. Quero ir pra Nova Zelândia.

Nova Zelândia é massa, morei lá seis meses, fiz intercâmbio.

Tipo de colégio, pra aprender inglês?

Não, foi durante a faculdade. Olha, a gente não é tão diferente, se for ver. Eu fiz três anos de letras na UNESP, em Assis, e hoje também sou professor. Pois é. A diferença é que antes eu fiz imagem e som na UFSCar, mas tranquei porque consegui um intercâmbio numa ONG que minha irmã tinha sido voluntária. E agora tô por aí, fazendo um pouco de tudo, escrevendo. Agora mesmo tava terminando um conto, a essa hora, acredita? Tudo isso pra falar que esse intercâmbio foi na Nova Zelândia.

Tá zoando, né?

O ceticismo do silêncio pisca no vermelho de um semáforo refletido sobre o painel e ele se pergunta se André percebeu seu tom de descrença; por via das dúvidas, simula displicência e deixa que o passageiro fale pelos próximos cinco minutos. Ele discorre sobre sua última graduação, as razões para tê-la abandonado, a objeção dos pais, percorre na memória andanças e mudanças, fugas e retornos: Assis, Avaré, Araraquara, Atibaia, São Paulo, Assis outra vez. Não perde chance de encompridar caminho entre os dentes. Insiste, como se o outro pretendesse discordar, que Atibaia foi sua preferida; a etimologia, rica por si só, podia significar não se sabe quantas coisas: água saudável, rio alagado, há quem fale em penteado de índio.

Verborrágico, transmuda quanto quer; ora exótico, ora familiar, André tem um falar banal, mas se conduz entre palavras com rara segurança na entonação, nem a manobra da maxila deixa aparas. Não deve se dar conta, mas pratica a artimanha satânica de provocar, verbo a verbo, o interlocutor, combinando sisudez com zombaria. Pouca gente é capaz de alterar a rota e evitar o trânsito de palavras torcidas. Das conversas travadas com passageiros noturnos, bastam duas palavras para conhecer a cor de suas vísceras; com André bastara a primeira marcha do queixo para concluir que o que expunha como vísceras devia ser socapa. Em compensação corre o risco dos narradores: é monotemático. Quando a prosa tenta seguir novo percurso, interlocuta, torce e revolve a narrativa, aqui e ali, voltando sempre à mesma ideia, como quem estica uma corda e a retesa logo em seguida, enrodilhando e distendendo conforme a sede das papilas. O mecanismo não é estranho: lembra-se de quando tenta fugir de corridas para o aeroporto de Guarulhos e, pegando um playboy de mochila na Vila Madalena às oito e meia da noite, certo de que o deixará num bar a três quadras do ponto de partida, acaba na fila do terminal 3. Não há como fugir de algumas coisas e, por falar nisso, André diz que uma das coisas mais fáceis de se fugir é a família. Provocativo, ele sentencia como quem decorou as próprias palavras: família é uma bobagem. E de tão seguro o enunciado, é a oportunidade de correr pelas curvas e atiçá-lo de volta:

Será que você não acha isso só porque saiu de casa pra fazer faculdade, viajar, e agora se força a levar uma vida diferente que você nem gosta de verdade, e que no fundo se ressente de não ter proximidade com a sua família?

Olha, amigo, não quero parecer chato, você tá no seu carro, tá trabalhando, mas vou te dizer um negócio, já que a gente vem de lugares parecidos. Tem três coisas na vida que a gente não escolhe: câncer, o primeiro emprego e a família. O câncer a gente resolve se curando dele ou ele se curando da gente; do primeiro emprego a gente se demite. Só a família não tem solução. Ela vem antes de qualquer vontade, antes de qualquer célula fodida, mesmo nas coisas que você acha que são fruto exclusivo do seu desejo. Só que o fato é que você nasce e a partir daí a única coisa que importa é perceber que não é porque algumas coisas já foram arranjadas que você precisa descobrir o absurdo por trás delas. Você é professor, fez letras, então vai entender: o que quero dizer é que a gente pode deixar pros dicionários a tarefa de criar significados. No final das contas, tudo bem se Atibaia significar várias coisas ao mesmo tempo, sabe? A gente não precisa de tarefas grandiosas pra viver. Nossa questão essencial não precisa ser um sentimento nobre como o do Ulisses, ou dos Cavaleiros do Zodíaco. Eu, por exemplo, o que me motiva é a sensação de não pertencer. Parece viagem, eu sei, o lance é que quando começo a me sentir parte de um lugar, ou de uma coisa, eu me mudo. Por isso curti Atibaia, porque lá eu demorei vinte dias, vinte dias! pra encontrar um lugar pra ficar. E é isso, tá aí como ocupo meu tempo. Agora, se você é alguém que não consegue viver sem se colocar objetivos maiores, não precisa tentar se libertar do absurdo da vida desvendando os dilemas familiares, pode se ocupar com umas noventa e nove atividades mais interessantes, como colocar um nariz de palhaço e fazer graça pras crianças com câncer, ou procurar um novo emprego. É isso que quero dizer quando digo que família é uma bobagem.

Não é certo o momento da conversa em que a chuva engrossou, se intensificando ao som de trons truculentos, como se conjurados por um mago vingativo. O aplicativo indica que a rua da União, 114, destino de André, está a menos de um quilômetro. Nenhum deles percebeu também em que momento se dissolveu o diálogo para que os dois sondassem as expansões supersônicas do ar em meio ao pesado aguaceiro, nem quando a esses sons ele opôs os da rádio sem consultar a vontade do passageiro, mas nesse turbilhão o que mais impressiona é que o mesmo programa ainda estivesse tocando Catra. Puta merda, é como se nunca tivesse morrido, sua voz grave e arranhada forçando-se pelos ouvidos passivos. *Tara, tatara tara tara.* É André quem dissolve a anáfora: vem cá, esse seu nome, Sebastian, é espanhol?

Não há um Palio à frente para na chapa depositar sua irritação. Premendo o volante, lembra-se da aposta de não olhar para o retrovisor, e se convence de que não está inflamado pelas palavras envolvendo família; o incômodo é porque a pergunta sobre seu nome é impertinente. Não é mais digna de resposta, apesar de sua deferência costumeira aos passageiros. André não o havia tratado pelo nome antes de entrar no carro, com sua sunga imbecil, e tampouco ao entrar, como faz a maioria dos passageiros, por segurança, falso zelo ou contingência. Depois de sua tentativa de lição de moral sobre a hierarquia das preocupações da vida, remendava o furo com a mesma linha antes jogada para fisgar a escuta. Quando para no sinal vermelho, uma esquina antes do destino, é impossível fingir que a pergunta não foi feita. Aceita perder a aposta. Eleva os olhos para o espelho retrovisor e, ignorando a visão opaca, responde: é espanhol, sim, camarada, foi minha mãe que deu, eu sabia! esse nome é cara de mãe... qual o significado?, significa sagrado, e você gosta, Sebastian?, gosto, por quê?, por nada.

No banco de atrás, sentado no meio, André observa o retrovisor límpido, captando flashes de um outro rosto trancado; indulgente, abaixa a vista e sorri sem os lábios, satisfeito na pele visível de suas pernas, concentrando-se nos próprios dedos, ajustando o foco para a sua própria pessoa e mudando sua posição no discurso, afinal, eu não quero provocar ainda mais o motorista, que se deixou esquentar diante de uma pergunta tão simples. E eu me pergunto: de todas as vezes que Sebastian disse gostar do seu nome, terá uma única vez falado a verdade? Eu duvido. Finge menosprezar qualquer crença, inventando uma perseguição na madrugada, mas sua infelicidade não difere da cifra comum. Vê-se como herói trágico, cujo início da ruína se dá com a consciência do destino, para ele absurdo. Está errado. Sua tragédia, feito a dos outros, é anterior, tem início com a nomeação, como o caso noticiado de um homem que, provocado num armazém por peões bêbados e desconhecidos, se deixou arrastar a uma briga de faca só depois de ter o nome dito pelo proprietário. De norte a sul, sobrevivem apenas os covardes sem nome. Não há maior violência do que o provimento de um nome. Ao mesmo tempo, é essa violência o evento fundante da vida: para existir, é preciso ser nomeado. Antes disso, somos insinuações, rostos acidentais, adventícios, aparências como os motoristas e passageiros noturnos vistos pelo retrovisor. É de todas as épocas o assombroso fenômeno de dar nome aos bois, sagrados ou profanos. Só porque recebe alguns contornos, Sebastian perde-se em seu personagem, ignora sua real subordinação; tem em mãos o volante, e até se vê conduzido pela cidade, como parte de uma épica cosmopolita saturada, mas não vê que a cidade, as ruas, seu carro, o Civic insolente, o Palio vermelho, todos são conduzidos por mim, a quem ele enxerga como um maluco de sunga chamado André. E falemos a sério: como ignorar o ridículo de um passageiro que surge de sunga numa madrugada? Por fingir que o fato não tem a mínima relevância, Sebastian não se dá conta de que só pegou minha corrida porque seguiu um Civic desde o McDonald's. E quem definiu que aquele carro estaria ali? E quem definiu que o atendente teria aparelho e espinhas? Não, Sebastian não percebe, e eu, complacente, incluí em sua ambientação diversos indícios, deitei pistas além das vias para que pudesse entender que sou eu quem detém a câmera, sou eu quem mantém aberto o obturador. Ele não se dá conta, mas eu já disse no começo: é algo que aprendemos sem precisar assistir à janela indiscreta de Hitchcock, ao Gyllenhaal sociopata de *Nightcrawler* ou simplesmente às exibições do Datena; bastam os episódios mais corriqueiros da vida, basta, por assim dizer, uma mudança de posição, ou um ajuste de foco, como quando se está na fila do drive-thru do McDonald's da avenida Angélica, ou como agora, a poucos metros da minha casa...

O passageiro pede para parar em frente a um ipê cujo roxo das flores o ensaio da primeira luz já permite fingir que é possível identificar. Ignorando os vinte e poucos reais calculados, ele estica uma nota de cinquenta, dizendo fica com o troco, Sebastian, que isso, André, tô falando sério, fica de caixinha pro seu projeto Nova Zelândia, sem maldade. A sunga que cruza o portão de ferro em meio à chuva talvez não fosse tão escura quanto parecia.

Quem sabe em outro momento Sebastian voltasse para casa ruminando a corrida, mas o momento não é outro. Madrugada de passageiros estranhos e conversas piores, nada mais, como qualquer madrugada. No fim da próxima noite pensaria a mesma coisa, ou não, é melhor não prometer nada ao dia seguinte, que inventa de fazer suas próprias regras quando o acusam de monotonia. Puxa o celular do fio e levanta contra a luz do teto a onça-pintada, que enfia no bolso traseiro do jeans, só então desligando o aplicativo, antes que por um estranho impulso faça como quando no bar e peça mais uma saideira. Aproveita a iluminação e encara o retrovisor: é como sempre, não se vê, não está ali; vê outros passageiros e com eles cruza olhares turvos. Vê André, uma penumbra dele, talvez: uma sombra abocanha um triplo cheeseburger, as beiças oleosas sorrindo uma cumplicidade anônima, como se esperasse dele algum protesto raivoso. Engana-se. Modulando o primeiro bocejo demorado da madrugada, arranca em direção à própria casa; tem apenas algumas horas de descanso. Na estrada bamba das renúncias, jaz ainda uma certeza: raras vezes o sono visita o vazio; quando o faz, não se deve desprezá-lo.

4

Tela Quente

Não sou capaz de pintar nada
que não tenha visto.

Ryunosuke Akutagawa, "Tela do Inferno"

Uma superposição de telas luzidias durante a noite é uma das regras no apartamento de Tom, tão importante quanto as impressões alaranjadas de molho no prato na mesa de centro, o ventilador quebrado sobre o aquário vazio, e a caixinha de Mentos e o cinzeiro num dos braços do sofá. Na tela maior, de cinquenta polegadas, prenda do bingo de ano novo da agência, a Tela Quente exibia silenciosa *No Coração do Mar*, que Tom, pelo que foi capaz de fisgar, inferiu ser uma versão de *Moby Dick* com o mesmo ator irritantemente bonito que interpretava o Thor. Com a TV sempre no mudo, a prática de identificar algum personagem traidor, antecipar confrontos ou prever o desfecho, logo nas primeiras cenas, não era uma habilidade interpretativa; era questão de levantar os olhos nos momentos certos.

Nos momentos de vista mais baixa, a tela menor, de pouco importa quantas polegadas, era um notebook velho em que funcionavam bem, além do Word e da pasta Meus Documentos, os avisos sonoros de ameaça detectada do antivírus tão eficiente quanto um golden retriever como cão de guarda. Tom equilibrava o notebook sobre uma almofada magra e cinza que convinha como isolante das coxas, cujo suor acirrava-se pelo contato do pano, correndo entre os pelos de cima para baixo, fazendo-as apegar ao sofá como velcro gasto. Depois de um enter ruidoso, prenúncio de uma trégua ao atropelo dos dedos, ele esticou a mão pela caixinha de Mentos; uma adstringência na lateral da boca o perturbava, bem como o azedo que efluía das cascas de mexerica que empachavam o cinzeiro. Tom pincelou logo duas balas que triturou com a sanha dos molares, redistribuindo os farelos mentados pela boca com o bico da língua. Com a atenção de volta ao notebook, Tom deixou passar, na tela maior, uma cena em que teria reconhecido mais um ator famoso, sinal de que estava mesmo afogado na lida em primeiro plano.

Uma linha era escrita e imediatamente eliminada; substantivos brotavam e, separados por pontos, resistiam até o dedo médio cair sobre uma tecla e apagar trechos inteiros. Sempre que removia e deletava, Tom salvava o documento, como para garantir o esquecimento de algumas escolhas; depois arriscava outras aproximações e ensaiava títulos antes mesmo de imaginar o texto, abusando das variações entre versalete, negrito e garrafais tamanho 11,5. Enter.

Os subterfúgios difundiam-se no silêncio que só se interrompia por passos desabalados e baques vindos do andar de cima, aos ouvidos de Tom apenas rumores insatisfatórios para desviá-lo da tela cujo branco pintava um problema bem conhecido. Nada como travas da escrita ou crise criativa, tais expressões eram amadorismo chulo; Tom enfrentava sua incapacidade quase genética de construir cenas a partir de eventos que não presenciou. E por isso sempre escrevia sobre situações triviais e recorrentes, não raro observadas ou vividas no mesmo dia, buscando a tensão mais por meio dos discursos implícitos do que pela virtude das descrições.

Mais cedo, naquele dia, Laís pediu, na oficina de contos, que escrevessem uma cena com fundo social, que depois transformariam em conto, a partir do tema "água e morte". Dois terços da sala gaguejou a mesma coisa: enchentes. E Tom não era incomum o bastante para compor o terço derradeiro. Deixou a aula decidido a narrar uma enchente e, enquanto requentava o macarrão no micro-ondas, viu que no copo de água com gás sobre a bancada fria havia uma pequena mosca, morta, seu corpo vogando à vontade de minúsculas bolhas ascendentes. Tom não acreditava em epifanias, mas viu ali emergir pronta a cena que escreveria: o afogamento de uma criança durante uma enchente.

Enquanto os dedos esfolavam a mexerica que mais tarde o faria sentir-se enjoado, Tom relia a ementa que havia batido: "Afogamento por enchente não é sobre uma morte na água, é sobre *que pessoas* morrem afogadas + o desespero do instante dessa morte". A parte em teoria mais difícil, lidar com o problema do "que pessoas", Tom a presumia simples; não corria o risco de alguns amadores que não conseguem se desprender do tom panfletário, antes buscava compor histórias em que a dimensão política existia como resultado da leitura, nunca como pressuposto. Seu dilema verdadeiro, naquele caso, era encontrar as palavras e o seu arranjo estratégico que permitisse espelhar a agonia de uma criança se afogando, tarefa custosa não porque uma criança, e sim porque ele jamais presenciara qualquer afogamento. Nem ao menos da insignificante mosca pudera assistir às debatiduras.

Apesar da crise que não sabia se era dos trinta ou dos quarenta anos, Tom não tinha a moral frouxa e as pernas estúpidas a ponto de pensar em algo como ir a um dos Sesc com piscina para ficar prendendo a respiração debaixo da água, ou de voltar para casa pesaroso e se enforcar com uma toalha; assistir a *Titanic* também estava fora de cogitação, mesmo porque a única coisa que merecia nota no filme era o absurdo do final que todos conheciam.

Em resposta às negativas, esquadrinhou o YouTube chaveando enchentes, naufrágios, afogamentos e ataques de tubarão, esses últimos que, apesar de não fazerem parte do escopo, vez e outra o estimulavam. Como imaginava, nenhum dos vídeos era útil, e ele sabia por quê. A tela do notebook, assim como a da TV, assim como qualquer ecrã, não intermediava os fenômenos, antes os isolava, como uma mesa de jantar, enganosa por permitir que se reparta a comida, mantém a distância milenar entre os comensais de uma família. A toda transmissão importa um falseamento da realidade, e por isso qualquer fato, uma vez narrado, flui no sentido da ficção; a verdade só existe no intervalo. Entendendo-se com essas voltas, Tom descansava as mãos sobre o sofá e dividia-se entre as duas telas; na troca de uma para outra, seus lábios projetavam um bico muito redondo acabado por um breve estalo agudo. O trejeito, mais o desenho da própria boca, vermelha de tão polpuda, infernizara seus dias no ensino primário; logo na primeira semana de aula foi apelidado Batom, cortesia de Bernardo, que não só apelidava a todos como batia nos resistentes, e anos depois trabalharia ajudando órfãos e refugiados. Será que Bernardo já assistira crianças vítimas de enchente?

Um baque seco no teto arrancou Tom da excursão sonolenta. O lado esquerdo do pescoço formigava tenso, ele sim com travas, enquanto os créditos do jornal escalavam a tela que iluminava a sala, cuja calmaria dos móveis e objetos fazia parecer que ela mesma tinha tirado um cochilo, renovando-se, e não ele, para repetir uma imagem que constava num dos contos lidos na oficina. Do peso sobre o colo se via uma luz fraca, pequena e laranja, piscando pausada no teclado sem cor; largando o notebook ao lado do prato sujo, Tom desligou a TV, inverteu a face da almofada e deitou-se ali mesmo para pernoitar de vez.

Os sábados são mais ou menos parecidos com as terças-feiras. E com as quartas e quintas. Sextas também. O prato da noite anterior já é um item decorativo da sala e Tom estirado na posição usual com as pernas sobre a mesa varia os olhos entre *Fantasia 2000* e o endereço de uma Cobasi. É uma das cenas clássicas do filme, em que Pato Donald organiza a fila de animais que ingressam na Arca de Noé, enquanto, do lado de fora e ignorando o chamado, um dragão, um grifo e um unicórnio gargalham da inocência dos demais. Tentando recompor fragmentos de um sonho, não da noite anterior, mas de algumas atrás, Tom aos poucos se convencia do que atinava desde a Tela Quente passada.

As perguntas que se fez, já no caminho de volta do petshop, foram apenas protocolares. Sabonetes, todos usamos sabonetes, certo? Remédios! E pesquisas: genética, biologia molecular, essas coisas. Para que o homem chegasse à Lua, no mínimo um rato precisou morrer, alguém nega? Então, qual a diferença? Só é aceitável quando há gente de roupa branca em lugares muito brancos manuseando vidros muito transparentes? A Lua e as vacinas são inerentemente mais importantes do que as outras coisas? Quem dá a medida?

Não usou o elevador. Eram apenas dois andares, mas Tom nunca pegava as escadas, ainda mais com uma sacola daquele tamanho em mãos. Esperava ter voltado com uma menor, mas, não achando o que buscava, precisou improvisar. Bateu três vezes na porta da vizinha cujo nome não lembrava, mas conhecia sua queixa de uma das vezes que haviam se cruzado na portaria.

Oi, Tomas, olha, eu sei o que você vai falar, desculpa pelo barulho ontem, você tem toda razão de ficar puto...

Na verdade eu só queria ajudar a resolver o problema.

Ah, que gentil. Desculpa, tô muito agitada, viu que teve um acidente grave mais cedo aqui na rua, lá pra frente? Eu quase fui atropelada, o motorista desviou no último instante e entrou num poste. Ainda tô me recuperando do susto.

Nossa, bem que achei que tinha ouvido sirene, mas não vi nada. Ainda bem que você tá inteira. Mas... você não conseguiu pegar o bicho ontem, né?

Não, o maldito é ligeiro. O síndico disse que ele deve entrar por baixo da porta da cozinha, mas o que não entendo é como raios ele chega no segundo andar, sabe. Mas tudo bem, segundo ele a empresa de deteti... dededi... ai, o DDT lá, ficaram de vir na quarta-feira.

Sei. Olha, acho que se deixar pra quarta você ainda vai ter dor de cabeça. E o meu teto também. Se você quiser, podemos resolver antes.

Isso aí é uma armadilha?

Sim, são dois tipos de porta-isca, mas não é de matar. Posso deixar com você e aí depois me chama quando pegar ele, pode ser? É bem fácil de usar.

Tá, pode ser! Nossa, brigada, eu te chamo, sim. Pleno sábado e a gente aqui falando de rato. Hahaha.

Tom não percebeu que desceu as escadas em vez de pegar o elevador. Não percebeu nada até tatear o próprio afundamento no sofá e mudar de canal, dando-se conta de que já conhecia o filme que começava. Passeando os olhos entre as telas, seus lábios formaram um bico: bjiuh. Digitando um novo parágrafo, divertiu-se ao imaginar a apoteose de Bernardo; bem do jeito que o colega de infância apreciava, a piada já estava pronta: depois de ser Batom para toda escola, Tom agora estava perseguindo um rato. E no fim dessa animação seus olhos mediam onde conduziria o experimento. Obteve a resposta tão rápido quanto o suor das coxas o fez amaldiçoar a temperatura: lançando a vista sobre o ventilador quebrado, não se entregou ao ímpeto caricato de dizer para si mesmo "Eureka!", elaborando, em vez disso, um sucinto "Fechou".

Era Bianca, o nome de sua vizinha, ela mesma disse quando se despediram no dia seguinte, depois de Tom recorrer, no bom dia e no até logo, ao vocativo "querida". Abanando um tchau enquanto a outra mão segurava a armadilha ruidosa, fingiu não entender a condescendência de Bianca, que soletrou as sílabas do próprio nome, e disse a ela que ficasse com a outra armadilha, nunca se sabe, vai que tem vários deles.

No apartamento o aquário vazio reluzia sem pó e o ventilador repousava ao lado de um vaso cujas folhas eram secas e marrons. O tampo de plástico do aquário tinha uma abertura circular, provavelmente para polvilhar ração, cujo diâmetro não seria empecilho para o despejo, não era aquele bicho afinal que até debaixo de porta conseguia passar? E foi mesmo fácil. A massa cinza deslizou pequena e sem esforço, traída pelos instintos que traduziram a abertura da armadilha por liberdade. O ratinho pareceu perceber de imediato a regressão de regime; suas patinhas cor de rosa eram tripas minúsculas agitadas tentando subir as paredes em vão. E para que assim continuasse, Tom vedou com o tapador sobressalente a abertura do tampo e foi buscar a jarra que havia enchido.

O bicho se abalava pelo cativeiro e, tentando correr, chocava-se com as laterais. Tom pôde ver a boca se entreabrindo, mínima, sem revelar os supostos dentes grandes, talvez uma memória coletiva fabricada, da qual saiu um chio aflitivo que reverberou no vidro, como uma bexiga muito cheia vazando por um furo sutil. A esse som agudo Tom opôs os da TV, que irromperam como um estouro, ele não sabia dizer se a cena do filme em tela justificava o volume ou se eram seus ouvidos desusados. Conseguiu abafar o guincho do ratinho que pressentia o perigo e o caos; medindo o esforço e a ineficiência da criatura, Tom reabriu o tapador e começou a despejar água. À primeira queda, ao contrário do que imaginava, o bicho não chiou mais alto e tampouco se alvoroçou; antes pareceu sossegar, talvez estivesse com sede, talvez tivesse engolido água e engasgado, como uma criança pela primeira vez numa piscina. Ou numa enchente. Sem dar vaga à hesitação, foi derramando mais água, a primeira jarra quase dando conta de que as patinhas não fossem mais capazes de triscar a base. Mais um pouco de água já o faria submergir com folga. Naquele ponto, a pequena barriga inflava e desinflava intensa. Tinha início a imagem que Tom buscava para seu conto.

Com a última jarra cheia, lembrou-se de emudecer a TV. Ato contínuo, as patas do ratinho se desgrudaram do vidro, ele se envergou e não mais se mexeu. Dois rápidos, o terceiro e o quarto compassados, nenhum dos tapas na lateral do aquário serviu para animar a criatura. Não era aceitável todo o esforço para um final tão ridículo. Abrindo a tampa toda do aquário, Tom primeiro hesitou, depois cutucou o pequeno corpo com o indicador; assustando-se ao contato, curvou-se para trás, praguejando em idioma impossível. Culpando o próprio dedo trêmulo, repetiu a tocadela e dessa vez pulou de verdade para trás, gritando, correndo o pulso esquerdo sobre o vidro e dele recolhendo uma lasca em troca de um cordel vermelho, que pingou na água feito guache. Apertando o dedo mordido por aqueles dentes malditos que, sim, existiam e eram mesmo grandes, Tom observou o renascimento do rato que se sacudia à toda potência. Atiçado pela dor do corte, entornou o resto de água a ponto de que vazasse e colocou a tampa. Não havia mais chiados, apenas borbulhadas tão diminutas que não seria possível distinguir se vindas da boca ou da ação das patas nojentas que tentavam arrastar a água para baixo.

Durou pouco.

Estático como massa podre, o rato foi afundando na água tingida com a mesma rapidez que um calor irritante subia pela nuca de Tom. Um calor filho da lucidez e irmão da vergonha. Não pelo que acabava de fazer, não pelo propósito; dava-se conta de que, preocupado com a água, o som da TV, os chios e os dentes do bicho serem grandes ou não, deixara passar um fato que se esganiçava diante dos seus olhos: o rato não tinha rabo. A anomalia, quem sabe, devia ser resultado de uma das pancadas diárias no seu teto. Ou talvez fosse de nascença, pouco importava, o fato é que para Tom aquele já era um rato sem rabo. Antes que pensasse em derramar a primeira jarra de água, aquele já era um rato sem rabo. Provavelmente antes que Laís tivesse feito a proposta na oficina de contos, antes que existisse oficina, aquele já era um rato sem rabo. E um novo calor ascendente, mais intenso, percorreu os fios da carne do seu pescoço ao perceber que naquela sentença estava a abertura, ou a primeira, talvez única frase do seu conto: ERA UM rato sem rabo. Mas e a enchente? E a morte? E a questão social? Perguntava-se e respondia, porque tudo estava ali, como um texto já lido e resgatado pela memória, ou ainda como uma previsão de um texto posterior: ERA UM rato sem rabo. E ao mesmo tempo, sem rabo, o rato não era senão apenas uma aparência da água.

5

Enquanto os dedos

Ela se agachou como se quisesse se aquecer àquele fulgor das flores; sentiu as flores nos dedos, nos lábios, crescendo no peito.

KATHERINE MANSFIELD, "A festa ao ar livre"

NA CAFETERIA do tribunal reinava o solene burburinho, ambição das cafeterias. Até as solas das garçonetes eram rumorosas tec tec tec. Tudo era rumoroso. Blabláblam as vozes, nhonhócam as bocas, gluglupam em goles, hahaham em festa, juízes sem beca, tuntunam nas mesas, triticam as chaves, confundem barulhos, decidem os rumos. Em meio aos sons, Ariel observa o movimento de pinça dos próprios dedos erguendo a xícara de café: as falanges do polegar e do indicador se articulam como numa última bicada de cigarro, teimosa, à riba do filtro. Os dedos são a primeira finalidade do corpo, muito antes do intelecto, da ciência e de outros expedientes concebidos pelo homem sempre em crise. São os dedos que tocam, sentem, premem, apontam, desde o início da vida, antes mesmo de nomear-se o possível e de interditar-se a desobediência; gira-se um indicador no ar muito antes de conceituar-se a circunferência; alfineta-se o céu e dele desfiam-se cosmogonias séculos antes de existirem Hiparco, Ptolomeu ou Galileu; e, até onde indica a própria ciência natural, os chimpanzés do Parque Nacional de Nairóbi não precisaram de um Darwin para estourar com as unhas os primeiros piolhos.

Os dedos sabem mais do mundo do que o acúmulo dos séculos inventariados em enciclopédias, currículos, cadeiras. Sabem mais do que os reis, os fantasmas, os príncipes e os infiéis, assim sendo tão perigosos, instigadores de borbulhares e transgressões. Os dedos são a verdadeira mente, o corpo em sua compleição fértil e caudalosa que procura entender-se com o mundo, comunicar-se, alisando abismos e pináculos, insubmissos ao arbítrio das costelas e de outras outorgas teogônicas e psíquicas normalizadas desde os mitos babilônicos. Os dedos tocam a penugem incipiente das peles quentes apesar da vontade das gêneses.

Mas contra os dedos existe todo o acervo, a sapiência dos anos que acaba por inverter o fluxo, e é à vista disso que a civilização contemporânea esconde as tomadas das crianças pequenas. Em algum momento, não muito distante, houve crianças que primeiro nasciam com os dedos e só depois existiam a corrente elétrica, o choque, o susto, o choro e as carícias ascendentes que silenciam a novidade. Outro café?

De volta ao tateável da mesa de madeira e da xícara de porcelana muito branca da cafeteria, Ariel, depois de negar um segundo café, sentiu vergonha ao se dar conta do conteúdo de suas meditações, como se permitir a confusão de alguns pensamentos lhe fosse uma fraqueza genética, uma ingenuidade imanente ou ainda um arroubo irresponsável, tão repletos o mundo, os círculos de amizades, o próprio tribunal e a vida em si tão repleta de gente com os anos e os músculos dedicados ao estudo profundo e disciplinado das cavilações que lhe rebentavam sob o córtex apenas como maravilhamentos. Lia muito, dedilhando do canônico ao marginal, talvez muito mais do que toda a gente bem estudada diz ter lido, é verdade, mas aprendera desde cedo, desde a casa, que era arriscado equilibrar qualquer entendimento seu na captura do presente, assim como era arriscado, em sua condição, guardar e apontar qualquer entendimento que fosse. Tudo o que capturava podia ser repentino, pura impressão, mudando de direção a qualquer momento, tantos caminhos quanto dedos nas mãos.

Mas nem mesmo a vergonha ditada lhe censurava de continuar tocando o mundo: superior ao retraimento era a força dos dedos, os dedos que soerguiam a xícara do café já acabado, os dedos que, naquela manhã, tesos, escorregaram o vidro da janela sobre o trilho para deixar que todo o corpo pudesse perceber o desafogo do arrebol. Depois de uma noite de sonhos mais uma vez ordinários, o alvor se expressara fresco como o tapa de uma onda, mas na cidade isso muito bem poderia significar a aurora de um calor ominoso. O ar frio que beijara seu rosto, depois seu peito, convidado pela fresta, era atmosfera em transição, ar-camaleão, papa-vento anterior ao clima e à ciência; não era ideia pronta ou bem-composta, mas rearranjo de sensações orgânicas, o que é a febre senão uma diferença de inspirações? Era o ar solene que refresca e no mesmo dia se faz partícula corpórea, cadente dos poros, das axilas, do couro da cabeça, das costas curvadas, fluindo maquiagens naturais e espontâneas. Axilas, couro, rosto, costas, coxas, virilhas, dorsos: os caminhos das gotas múltiplos como os da mente estimulada por uma xícara de café quente. Fffff.

Mais um dia de calor. Mais um dia de gotas que domesticam o corpo. Há sempre uma domesticação, e são os pais, com seus líquidos, o primeiro modelo. Os pais nos usam assim como nós fumamos cigarros: não os acendemos para que se traguem a si mesmos. Sejamos Hamlet ou Emma, a gerente do Burger King ou Beatriz, a tradutora juramentada que visitara o gabinete na tarde anterior, ninguém se deixa afetar por qualquer sentimento senão em proveito de desenlaces mais ou menos premeditados. A todo pai interessam os filhos que procriou numa simples confusão ou felicidade, vale isto para todas as famílias, não apenas as felizes. Nós filhos não somos livres, pois nossa liberdade é como a força traseira de uma abelha- operária: se compraz apenas no que lhe é fatal. Nos vícios mais estranhos e nas virtudes mais correntes, a intemperança nos faz cativos. Antes mesmo da expulsão do útero até a falência dos órgãos, passando por algumas perdas de oportunidades, ferroadas e relacionamentos desastrosos, perseguimos o mal que nos faz ter sede e, quando bebemos, urdimos nossa morte.

Enquanto mergulhava nos fluxos que ia criando, com as palavras roubadas que ia arregimentando, Ariel viu que uma mosca havia caído dentro da xícara de café. Suas patas ínfimas se mexiam lentas sobre aquelas gotas renitentes do fundo, como se concertando os últimos momentos. Com a colherzinha tirou-a dali e a depositou sobre um guardanapo, medindo se estava morta, quando se debateu e voou sem desvios para dentro da xícara. O processo repetiu-se ainda duas vezes, até que, simplesmente agindo, Ariel esmagou a mosca no fundo da xícara com o indicador esquerdo, sumariando aquele término tão certo quanto estranho. Enquanto pensava no ocorrido, registrando que sequer havia açúcar no café que justificasse a sofreguidão daquela mosca, limpou o dedo letal no guardanapo já sujo. Sobre a mesa, o telefone zum-zum:

> Volta hoje? Estou precisando de um
> favor, senão vou perder a cnh
> É esse maldito radar que instalaram na
> chegada de Santos, está cada vez pior
> Se voltar, sua mãe fez lasanha
> Manda notícias
> Pai

Ariel digitou algo como "Ok, vou pegar o ônibus umas 19h", menos atentando para as palavras que compunha e o compromisso que elas implicavam e mais pensando no absurdo fenômeno temporal que a mensagem do pai traduzia: *se voltar, sua mãe fez lasanha*. Não era modo de dizer, ou melhor, era modo bem evidente: você só é uma pessoa bem-vinda se antes resolver um problema meu. E assim se domestica pela raiz.

Sim, há mesmo uma domesticação, jamais existiu qualquer sombra de mérito. Se Tom e Jerry jogam dados para ver qual é o melhor, o ganhador muito bem pode ser o pior deles. E é por isso que nunca se mediram nos dados. Ariel lembrava-se de Nice, professora de literatura do colégio, cujo trabalho era recontar as histórias dos livros para alunos que, sozinhos, seriam incapazes de conhecê-las. Era ela quem dizia que a sorte desconhece o mérito, e que na vida cada um era responsável pelos laços que criasse, como Tom e Jerry: gato e rato, para sempre, enlaçados num jogo próprio e sem fim. Só podemos ser responsáveis por aquilo que domesticamos. Uma chave não é mesmo nossa enquanto se esconde no bolso; seu metal só tem vida e vocação quando deixa o anonimato para nascer entre os dedos.

Entregue aos pensamentos, Ariel contemplou a mosca esmagada no fundo da xícara, irreconhecível, talvez boa parte dela perdida no guardanapo com que limpara o dedo, e compreendeu que aquele resto de cadáver não era responsabilidade sua. A mosca nunca fora domesticada, pelo contrário, opusera-se às suas tentativas de enlaçamento, pois tinha como única pretensão o seu próprio fim, objetivo alcançado assim que Ariel a apertou contra o fundo da porcelana. Sim, exercera esse domínio material, porém se deixara dominar antes pelo discurso da mosca, a mais temerária forma de dominação, diante da qual qualquer recurso nasce frágil e morre incerto. Seu dedo pujante era equilibrado, os dedos e as mãos a serviço de uma consciência silenciosa, desarreigados de sentenças e convencimentos. Não se podia dizer o mesmo dos dedos do doutor Ângelo, seu chefe, desembargador, detentor de uma mão memoravelmente assustadora, era como Laura, a outra assistente, tão bem traduzia: mão fina, com dedos longos, sempre arqueados, como se ao redor de orbe ou cetro, mão nervosa, retorcida, doentia, mão autoritária, mão que por muitos anos bastou deitar rubricas para aferrolhar vidas periféricas, dispensáveis, moscas sem os estímulos de um café.

São mensageiros, os dedos. Sim, Laura tinha razão: não escrevemos com os dedos, mas com a pessoa inteira. O nervo que controla a caneta enrola-se em cada fibra do nosso ser, amarra o coração e trespassa o fígado. E há notas sobre o fíg

E você chegou a dar uma olhada no arquivo, Michel?

As coisas estão bastante corridas, Balbo, mas eu comecei a ler no final de semana.

Ah, imagino mesmo, mas que bom que começou! E o que tá achando? Se quiser falar, é claro. Não sei se já conseguiu formar uma opinião.

Na verdade, considerando que você me pediu uma leitura mais com olhar de jurado de prêmio, já dá pra falar alguma coisa.

Mesmo? E você tá curtindo?

Tem coisas boas, algumas muito boas, eu diria, mas acho que não vale a pena falar sobre elas, isso pode atrapalhar mais do que ajudar. Esse é um primeiro ponto. O autor é a primeira pessoa que vê seus próprios defeitos, mas eles não devem ser tomados só como defeitos, você tem que escrever a partir deles, porque os defeitos são o que fazem você conquistar um estilo único, uma voz única. Eu sinto que você escreve muito a partir dos seus acertos, entende?

Não sei se entendi exatamente. Isso não é bom?

Depende. O que quero dizer é que seu romance mostra que você tá bem consciente de algumas potencialidades literárias, mas acho que acaba fazendo uso delas numa zona meio perigosa. Um leitor mais atento do seu texto percebe que você tá se comparando aos grandes, aos escritores que são sua influência, ainda que inconscientemente, embora no seu caso isso seja bem consciente. E quando a gente se compara a eles demais, e isso passa para a escrita, o texto acaba não encontrando seu próprio nível. É claro que você não pretende escrever no mesmo nível dos escritores que são sua influência, não tô dizendo isso, mas uma prosa muito referencial acaba fixando ou determinando pra você um nível impróprio, quando o melhor, eu acredito, é aceitar suas próprias limitações e tentar escrever no seu próprio nível, que você vai descobrindo ao longo dos anos.

Acho que entendi. Você acha que me apego muito a alguma matriz, e daí que me falta uma voz própria.

Eu pelo menos acho que falta. Posso falar me tomando de exemplo. No meu caso, é difícil saber qual é a minha matriz, porque quando eu começo a identificar uma influência na minha própria obra eu imediatamente fujo disso, pra tentar justamente criar um caminho próprio. É claro que é uma utopia, não existe originalidade absoluta hoje em dia, depois de tantos livros, tantas narrativas. Mas você pelo menos tem que buscar isso de alguma maneira. Nesse seu romance, você parece que identifica uma influência, que obviamente é Virginia Woolf, só que você percebe isso e não se afasta dela, pelo contrário, se amarra, cria uma relação de dependência que não sei se é muito interessante.

Certo, certo, entendi. É que essa é mesmo minha proposta estética, sabe. Pra mim, depois de Woolf, de Borges, de Shakespeare, dos gigantes, enfim, eu não tenho muito o que escrever, entre aspas. Então minha proposta é deslocar os textos, personagens e estilos deles pra outras realidades, circunstâncias, deixando mais oblíquo o que era uniforme, tornando mais plano o que era elevado, sei lá, ou mesmo copiando alguma coisa que, pelo simples deslocamento, pode perder ou ganhar outros sentidos diante de um novo contexto estético, político, ideológico etecetera. Posso estar viajando, mas eu vejo como uma forma de curadoria: escolher os melhores textos, frases, fragmentos e entender como e onde eles podem ser aproveitados pra gerar alguma coisa interessante e ir levando.

Como uma Sherazade, eu entendo. A questão é se isso funciona no texto, e mesmo funcionando aí tem a questão ser reconhecido por um júri. E eu falo com alguma segurança que esse seu romance, apesar das qualidades, é menos propenso a ganhar prêmios. Acho que por conta da insistência em alguns recursos, algumas imagens psicológicas, atmosferas, pode soar emulação de Clarice Lispector. Eu sei. Mas independente de ser clariceano ou não, aqui tem mais a ver com o que os júris entendem como clariceano. E isso é praticamente suficiente, em alguns prêmios, pra descartar um livro. Guimarães Rosa, Clarice Lispector e Rubem Fonseca, esses três principalmente, emulação de algum deles é descarte quase certo. Dava pra falar muito mais sobre isso, só não vou gastar tudo agora, e isso você deixa em off, por favor, porque eu tô escrevendo pra Piauí um artigo sobre bastidores de prêmios.

Nossa, que foda!

Mas assim, seu texto não é ruim. Nem perto disso. Você brinca com a linguagem, tem coisas bacanas. Eu gostei das onomatopeias, algumas construções têm uma música boa, elas mimetizam o que tá acontecendo, mas o problema é que tá faltando o principal pra um romance, na minha opinião.

O quê?

Uma história. Tenho quase certeza, pelo tanto que li, de que todo o livro é basicamente uma única cena na cafeteria de um tribunal, certo?

Pior que cansei de ouvir isso de vários leitores, isso de que falta história. E sim, você tá certo, é uma única cena.

Olha aí o alerta. Se tem outros colegas apontando a mesma coisa, vale repensar com cuidado.

Verdade. Cacete, agora já tô achando que é melhor desistir desse romance. Acabou saindo muito experimental e acho que, prêmio ou não, ninguém gosta disso. Nem eu mais sei se gosto.

É questão de estilo, Balbo. Eu, por exemplo, tô mais interessado em contar algo que aconteceu do que fazer experimentação de linguagem. Agora, a verdade é que mesmo boa parte dos escritores que experimentam muito, como o Guimarães, o Raduan que eu sei que você gosta, a própria Clarice, também contam grandes histórias.

Você tem alguma sugestão? Digo, não sobre meu projeto estético, já que isso leva anos, como você disse, mas de repente sobre alguns pontos mais sensíveis pra eu levar em conta na hora de reescrever o texto.

Se isso for por causa de prêmio, acho que não vale a pena. Pensa: reescrever um original inteiro em função de expectativas que fogem do seu controle...

Não digo reescrever pra publicar dependendo disso, mas, sei lá.

Olha, falando assim de improviso, tenho uma ideia de um exercício um pouco radical, que não tem nada a ver com publicação. Sua produção até hoje é como contista, certo? Por que você não reescreve a história como conto? Corta, corta bastante, tenta transmitir as ideias pra dentro da poética do conto. Aquilo que falei sobre escrever dentro dos próprios limites talvez também valha em relação ao gênero. Talvez seu romance tenha nascido de uma extrapolação de algumas qualidades que apareciam em alguns contos seus, e talvez por isso não seja um romance, digamos, originário. Tenta vislumbrar essa narrativa como um conto e procurar seus defeitos, e a partir deles você tenta fugir das influências muito gritantes. Tira proveito da dificuldade que é combinar experimentação de linguagem e narrativa em sentido mais estrito e se obriga a fazer isso num gênero em que você pode mostrar logo ao leitor a que veio. Quem sabe esse conto vira um romance depois.

Parece um puta exercício, faz muito sentido. Fiquei só com uma pulga atrás da orelha. Se virar um conto mantendo as principais características do texto anterior, não corre o risco de continuar um texto considerado emulação ou pastiche, e com isso menos propenso a ganhar prêmios?

Quando fiz a sugestão de transformar em conto na verdade eu pensei mais no exercício, como eu disse.

Sim, entendi, é que eu também tenho uns nove contos escritos, mais narrativos, que compõem um livro, basicamente, mas ficaram encostados exatamente pra eu me dedicar ao romance. Se eu fizer esse exercício que você sugeriu e ele resultar num conto bom, e que dialogue com os outros, talvez valha incluir no livro. Mas não quero correr o risco de ser considerado um conto pastiche de Clarice, até porque honestamente não tem nada de Clarice na história.

Olha, Balbo, acho que o primeiro passo seria se perguntar: esse novo conto dialogaria naturalmente com os outros, ou seria algo forçado? Um livro de contos não pode ser um amontoado, uma simples coletânea. Precisa de unidade.

É, ele até dialogaria, acho até que tem tudo a ver, mas... vai parecer idiota te dizer isso, mas pra dialogar pra valer eu precisaria incluir nele no mínimo uma referência, como vou dizer isso, a um unicórnio. Não precisaria ser uma referência literal, poderia ser simbólica. Mas sei lá, talvez ficasse mesmo forçado.

Pois é, não é o ideal. E em segundo lugar, você diria que entre os outros contos desse possível livro alguns são clariceanos?

Ah, não no sentido banal que os júris consideram, pelo que entendi. Com certeza têm algumas frases, expressões, imagens estranhas que acabei roubando, mas não acho que dê pra chamar de clariceanos só por conta disso. Seria uma leitura muito preguiçosa. Nem Guimarães, longe disso. Rubem Fonseca também não.

Ótimo, então o truque é garantir que esse possível conto não esteja entre os três primeiros do livro.

Hahaha. Tá falando sério?

Tô sim. Não tem mais bobo na literatura. Ah, e como já imagino que seus contos devem ser bastante intertextuais, garante que o mais seu, o que você mais se esforçou pra fugir das influências que percebeu, seja seu primeiro, abrindo o livro. Mas a gente fala melhor depois.

Claro, claro. Muito obrigado, Michel, mesmo. Ajudou demais. Já tô completamente convencido a deixar o romance de lado e retomar o projeto do livro de contos. Quem sabe não te coloco de personagem no conto novo.

Não faça isso, não sou interessante assim. E vamos ser honestos, a gente nem se conhece. Você demorou uns dois anos pra ler o *Diário*, que, diga-se de passagem, comprou pela internet porque achou por oito reais num sebo de Santos. Você confirmou presença em eventos meus, palestras, debates, lançamentos e nunca apareceu. Pra completar, porque não tenho memória tão curta, tem várias falas minhas nessa conversa que são cópias de respostas que dei pro Abujamra no *Provocações*.

É, mas isso é culpa sua. Primeiro porque foi você que sugeriu que eu transformasse o romance num conto. E depois porque enquanto eu reescrevia fui percebendo algumas influências e aí, pra me afastar delas, decidi criar um diálogo roubando trechos de entrevistas no YouTube, o que certamente não consta na obra dos autores que me influenciaram.

É, não posso criticar. Eu mesmo disse que não existe originalidade absoluta hoje em dia.

Falando nisso, um dos nove contos que mencionei eu copiei na moral da *Antologia da literatura fantástica*. Putz, é um que quase ninguém conhece, não lembro nem o nome.

Agora, por falar em hoje em dia, você sabia que enquanto eu escrevo este conto, que nem conto é, o *Provocações* tá de volta ao ar?

É mesmo? E quem está apresentando?

O Marcelo Tas.

É, as narrativas podem ser cruéis.

6

Vestígios de equinócio

Há alguém por trás. Como em todo espelho,
alguém que sabe e espera.

Lieh Tsé, "O cervo escondido"

O velho era magro e seco, com profundas rugas na nuca. Manchas castanhas afligiam suas bochechas, correndo rosto abaixo, e as mãos tinham cicatrizes arraigadas pela faina dos anos de anzóis, linhas, tarrafas, croques. O céu daquela alvorada não se despira no avermelhado dos dias comuns; era no máximo róseo, convidando os primeiros pescadores que acabavam de se levantar a admirar através das janelas das cabanas de colmo a insólita paleta. O velho tinha os pés cravados na ourela cortante, onde a areia era alagadiça e fria, e olhava a grande gema erguer-se ao rés do horizonte, como um gigante cirurgião-amarelo.

Depois de uma inspiração longa, conformada, ele se virou. Seus olhos muito azuis rutilaram como a nudez da lâmina em sua incursão súbita e precisa, de baixo para cima e com o fio para dentro, no abdome enxuto e riscado de fiapos brancos. "Um cavalo no céu...", o velho lamuriou, o braço direito do jovem pescador que o golpeara amparando sua queda estertorante, o esquerdo ainda rijo, angulado a noventa graus, o punho apertando o cabo de madeira. Temeroso de que outros descobrissem o que havia se passado ali, o ofensor encovou o débil corpo no manguezal, cobrindo-o com areia, algas, siriúbas e folhas de samambaia; depois, refazendo o caminho até o mar, com a sola dos pés arejou os finos grãos tingidos que compunham o rastro cruento.

Em seu regresso à vila, o céu então afogueado, deu-se conta de que não memorizara o lugar da desova; mais tarde, achando imaculada a peixeira, à cintura, e livre de resquícios suas vestes, com pachorra entendeu que tudo havia acontecido em sonho. E como sonho narrou o episódio a toda a gente do litoral. Entre os ouvintes houve um artesão que foi procurar o cadáver oculto e, depois de dois dias, o encontrou. Antes de baixar o sol pela metade, meteu-o num saco de ráfia bem cosida e o arrastou até sua cabana, dizendo à mulher:

"Um pescador sonhou ter matado um velho e esquecido onde o escondeu. Eu o encontrei."

"Você mesmo deve ter sonhado que viu um pescador que matou um velho", ela respondeu. "Acha mesmo que esse homem existe de verdade?"

"Sonho ou não, a verdade é que eu achei o corpo de um velho, está dentro deste saco, então de que vale tratar de qual de nós sonhou?"

Naquela noite, o jovem pescador ainda pensava no velho antes de cair no sono. *Um cavalo no céu*. Aconteceu-lhe sonhar com o lugar onde o havia enterrado e também com o artesão que o havia descoberto. À primeira luz matinal foi à cabana deste homem. Estando os dois a sós, o artesão revelou ao visitante um saco de ráfia, arriando o material até a altura do ventre morto e perfurado. Seus olhos hesitaram do rosto do pescador até os do cadáver, duas ou três vezes, as sobrancelhas contratas, a testa em estrias, os lábios tremelicando uma suspeita, em vão: a faca veloz penetrou seu diafragma antes que pudesse realizar o motivo do assombro, restando dos pulmões apenas um suspiro de horror.

O pescador enterrou os dois corpos numa região mais afastada do manguezal, ao largo dos bancos de areia, bem por terra de uma concentração de abaneiros. Ao final, com um remo de madeira gravou suas iniciais no lodo entre as covas. Essa segunda morte ele não relatou a ninguém. De volta ao seu colmado, lembrou-se de onde escondera ambos, o artesão e o velho. Dormiu em paz.

Na manhã seguinte, lembrava-se ainda de tudo. Caminhou até a praia, plantando os pés na areia úmida do baixio, seus tornozelos lambidos pela vertigem do sal. Por minutos ou talvez uma hora cheia contemplou a sentinela em quarto minguante, nela a metade de um cavaleiro empunhando sua lança, único vestígio sobre o céu avermelhado predizendo bom tempo. Sua lucidez estava incerta em reminiscências. Com as mãos em conchas, recolheu nas palmas sulcadas um pedaço do mar e lavou o rosto, sentindo a textura irregular das bochechas e do pescoço, e, ali parado, deixou-se secar. O sol de equinócio não era nocivo, não enquanto se estava sonhando.

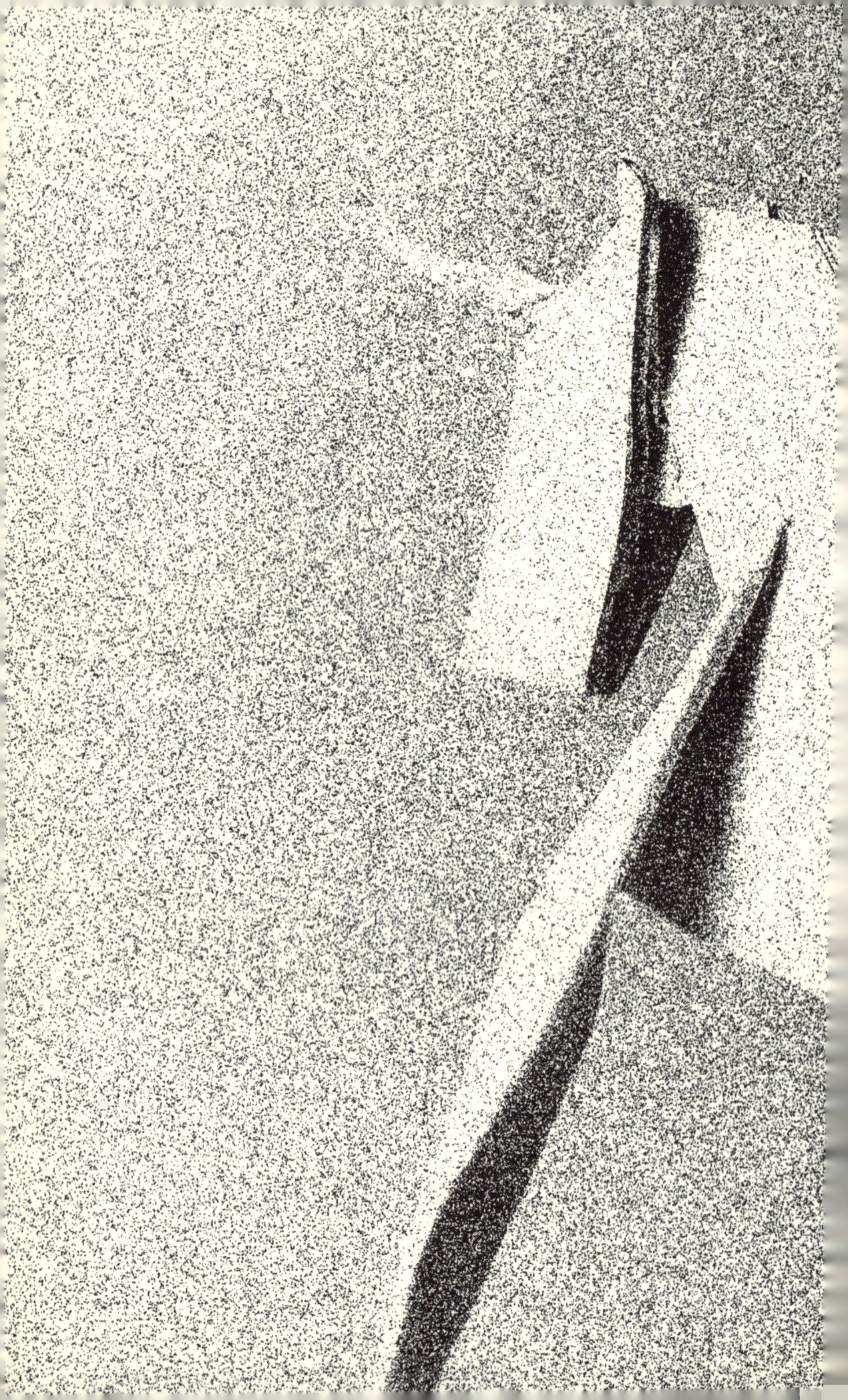

7

A estrutura do ovo

— Se a Terra roda, por que não ficamos tontos?

Murilo Rubião, "Os três nomes de Godofredo"

Aconteceu-me que o circular parou e saltei no ponto.

Imitando as outras pessoas que também haviam descido, segui pelo gramado em direção ao prédio com o nome da faculdade. Ao perceber que estava sem mochila, considerei mais espontâneo virar à esquerda, depois da entrada, em vez de subir a escadaria dupla.

Na lanchonete as quatro mesas estavam desocupadas. Relanceei os olhos pelo ambiente e contei doze cadeiras, a fim de mensurar a capacidade ideal. Talvez a apuração diminuísse o sentimento de vazio. Em seguida, dei com os meus cotovelos apoiados descuidadamente numa mesinha de vidro redonda, de costas para o balcão de pedidos. Ingênua sensação me fez acreditar que eu seria a única pessoa no recinto.

— O de sempre? — perguntou-me a garçonete, surgindo de repente à minha nuca.

— É, pode ser.

— Rosaline, um chocolate batido e dois croissants ovo bacon, saída requeijão! É grande o chocolate, tá? — Ela alteava a voz a cada palavra, girando o pescoço para trás, onde Rosaline, presumivelmente, apareceu por uma porta vestindo uma touca de cozinha exageradamente amarela. De baixa estatura e um pouco sisuda, registrou o pedido com um meneio de cabeça.

A revelação de que eu era um troglodita me deixou desinquieto, já que, a não ser que estivesse enxergando mal, ou com os juízos embolados, meu corpo era um tanto magro. Em resposta à novidade, achei que devesse trocar o pedido por alguma opção mais moderada ou, quem sabe, cancelá-lo e permanecer de estômago vazio. Todavia, enquanto ponderava, a garçonete já retornara com o chocolate batido equilibrado numa bandeja redonda. Quando se curvou para me servir, vislumbrei no seu antebraço uma tatuagem em aquarela.

Ela afastou-se demoradamente em direção ao caixa sem demonstrar intenção de atender à dúvida que se estampara no meu rosto. Depois, desapareceu pela porta que levava à cozinha. No instante em que finalmente consegui romper o plástico do canudo, ela já estava de volta e, franzindo a testa na forma de duas estrias retilíneas, informou-me que haviam acabado os ovos.

— Quer fazer outro pedido?

— É claro que não! Eu sempre como ovos!

— Como eu falei, hoje estamos sem. Então, ou você pede os croissants sem ovos, ou escolhe outro lanche.

— Quero falar com a gerente.

— Já está.

— Quero falar com Rosaline, então!

Em troca de tão invariável protesto, da garçonete recebi débil aquiescência. No seu regresso à cozinha, refleti sobre a melhor maneira de abordar Rosaline para, de um lado, assegurar o recebimento da minha reclamação e, de outro, esclarecer todo o ocorrido para resolver qualquer animosidade. Afinal, ao que tudo indicava, eu era grande frequentador daquela lanchonete.

Consciente do excesso da minha postura, esfreguei as mãos pelo rosto para aliviar os traços de tensão. Achando minha testa fria e alagada de suor, tomei da mesa ao lado alguns guardanapos para secá-la. De tão finos, quase transparentes, eram praticamente imprestáveis. Pouco enxugavam e, esfarelando-se, depositavam fragmentos brancos por onde corriam. Tão logo terminei o processo, Rosaline reapareceu de súbito com sua touca muito amarela e colocou-se parada diante de mim. Ela olhou-me com a cordialidade cansativa dos que não podiam se dar ao luxo de gastar tempo longe da chapa.

— Pois não?

— Rosaline, eu gostaria de ovos no meu lanche.

— Neste caso, vamos recomeçar do zero. No momento estamos sem ovos. Agora, se você faz tanta questão, então vá colher os ovos lá atrás! — Falou-me com tal naturalidade que, apesar do tom exclamativo, não pareceu se tratar de sarcasmo ou ofensa. Por alguns segundos permaneci calado refletindo se mandar um cliente colher ovos era algo ordinário.

Medi lentamente Rosaline e convenci-me de que falava duas vezes a sério: estavam sem ovos e eu mesmo podia colhê-los na cozinha, se quisesse. Tive dificuldade para levantar-me, como se meus músculos se ressentissem da decisão. Um tanto lânguido, empenhei-me para manter os ombros erguidos. No caminho para os fundos, Rosaline abaixou-me a cabeça e dela arrancou uma pinçada de fios. Assim que me contraí, praguejando, ela desculpou-se, sem muito brilho, dizendo que era só para ver se eu estava vivo.

Não me lembrava de que cozinhas fossem tão amplas e brancas, tampouco que dispensassem gavetas, armários, prateleiras, pias, panelas, latas, talheres e, principalmente, alimentos. Não fossem, no piso, os rejuntes amarelados entre os azulejos e, nas paredes, algumas rachaduras e marcas de infiltração, teria acreditado que era um espaço sem fim. Talvez não tanto, mas no mínimo era três ou quatro vezes maior que o espaço de fora destinado às mesas e cadeiras.

Tampouco a jaula de barras brancas com um cavalo preso tornou o ambiente menos incomum. À medida que me aproximava para examiná-lo, respondia-me emitindo um mugido grave e atritando os cascos traseiros no piso. Tinha pelagem branca, olhos azuis e era dotado de um afilado corno na testa, branco na base, preto no meio e vermelho na ponta. Então, Rosaline surgiu pela porta e, arrastando um saco de juta pesado, disse-me:

— Aí estão as pedras, pode começar a colher os ovos quando quiser. Estarei no caixa.

— Mas, e a... qual o nome da outra moça, mesmo?

— Você não queria ovos? Então pare de inventar e se concentre neles.

Depois que Rosaline saiu, percebi que não sabia por onde começar. Ou pior, não sabia nem sequer o que deveria ser começado. Afinal, apesar da sensação genérica de que me faltavam alguns entendimentos, uma espécie de convicção longínqua me dizia que os ovos para alimentação geralmente provinham das galinhas.

Apresentou-se uma primeira pista quando, contornando o cativeiro, identifiquei num dos lados uma portinhola alta. Numa rápida estimativa, imaginei que a abertura era propícia para que o animal projetasse a cabeça para fora. O restante do pensamento me veio por indução: concluí que devia interagir diretamente com seu ocupante.

Reuni as informações que tinha e, sem saber qual o próximo passo, franqueei as barras superiores da jaula. Apesar de não parecer que chocasse ovos, presumi que aquele bicho talvez os produzisse de outra forma. No tempo em que o cavalo avançava até, efetivamente, se alongar o tanto que podia para além das grades, voltei para perto do saco de pedras.

Sem ninguém para dissuadir-me da ideia, escolhi dentre as pedras a que mais se aproximava do formato de um ovo. Prossegui devagar em direção à jaula e, com a pedra na palma da mão direita, mantive a esquerda fechada à altura do rosto caso precisasse me proteger. Aguardando um bote a qualquer momento, fui surpreendido por um único jato de vento quente e humores estranhos que, saídos das narinas do animal, me atingiram em cheio, assoprando a pedra para trás.

Com um chute Rosaline afastou a pedra melada do seu caminho e, no entanto, não me surpreendi com seu repentino surgimento. A prática, tão reiterada, havia perdido o poder de sobressalto. Ignorando minha expressão de vantagem, ela lançou a vista sobre o cavalo e, como se falasse com ele, dirigiu-se a mim:

— Faça a coisa direito: deixa o bicho tocar o chifre na pedra.

— E como é que faço ele fazer isso logo?

— Não faz. Ele toca quando quer. Por que acha que estamos sem ovos?

— Como você fazia, Rosaline?

— Cada um tem que descobrir o seu jeito. Eu tenho o meu, você acha o seu. O importante é tomar cuidado: uma chifrada desse asno é capaz de matar um elefante.

No terceiro dia sentia-me tonto. Tentara diferentes formas de interação, desde circundar a jaula, arqueado e sem pedra, confiando num gesto permissivo do animal, até simplesmente lhe oferecer o saco à altura do chifre. Impassível, o cavalo, asno, o que fosse, desprezou todas as minhas tentativas até a madrugada. Na única vez em que me respondeu, foi com seu característico jato de líquidos nasais.

Dormi praticamente a manhã toda, cobrindo-me com uma toalha de mesa emprestada por Rosaline. Levantando no começo da noite, castigado por dores no corpo, olhei para o cavalo e, consciente do chavão que me ocorria, pude jurar que me olhava com a alma. Buscando aproveitar o laço que parecia nascer, tirei do saco uma pedra e, silenciosamente, avancei em sua direção. Em resposta, deu-me as costas e, guindando o rabo, diversificou o tipo de ventosidade.

Era o décimo segundo dia, segundo Rosaline, quando fui acometido por um acesso de raiva. Já não era a primeira vez que sentia como se a jaula fosse sempre do lado em que eu estava. No ápice desse sentimento, maldisse o animal e seu chifre, tomei logo duas pedras na mão e, gritando, arremessei-as pela portinhola.

Plack. Plack.

Antes branco, o azulejo à minha frente tingiu-se do amarelo de uma das gemas que estourou. Intacta, a outra descansava bem no encontro de rejuntes. Muito reto e alerta, o cavalo mantinha uma postura defensiva. A emoção, somada a um temor inexplicável, me conteve momentaneamente. Sem a necessidade de bolar um plano, descobrira meu próprio jeito de conseguir ovos a partir do descontrole. Além de esnobe, irritante e repulsivo, aquele cavalo era um exímio goleiro que defendia com o chifre. Ou melhor, atacava.

Naturalmente, repeti com sobriedade o ato antes furioso, a fim de assegurar o rigor da descoberta. Sem falhar nem sequer uma vez, o bicho defendeu todas as pedras lançadas que, ao toque de seu corno, se transformaram em ovos frescos. Talvez empolgado demais pela confirmação da experiência, demorei para me dar conta de que o acúmulo de cascas, claras e gemas ocupava o espaço do mesmo azulejo.

Portanto estava solucionada, antes mesmo de existir, o que seria a maior dificuldade do processo: a aleatoriedade do voo do ovo. Descrevendo sempre o mesmo arco, não importando de onde se disparava a pedra, os ovos tendiam à queda naquele azulejo. O próximo passo, evitar que se quebrassem, mostrou-se bastante fácil. Aconteceu-me descobrir, na primeira tentativa, que as mãos em conchas ofereciam o estofo perfeito.

Não tardaram a se acompridar os dias, tornando rotineiros os arremessos de ovos, garantindo uma produção contínua e, assim, permitindo que Rosaline se dedicasse às outras tarefas com mais cuidado. Contou-me, numa de suas visitas esperadas, que o movimento na lanchonete não havia aumentado e, tampouco, os pedidos de lanches com ovos, mas não me deixei afetar.

Durante as semanas seguintes aprendi muitas coisas importantes sobre o processo, como o fato de que o tamanho da pedra não influía no tamanho do ovo. Certo dia, depois de Rosaline fornecer um saco no qual havia um pedregulho, decidi testar uma hipótese. Contando com um ovo de avestruz no rebote, arremessei a grande pedra com as duas mãos em direção ao cavalo. Depois de seu ágil contra-ataque, no azulejo de pouso o ovo partido era forçosamente regular.

Teimoso, questionei-me: ora, se um pedregulho é constituído de várias pedras, não deveria o chifre transformá-lo em vários ovos? Não tardei a perceber meu equívoco, inferindo que uma pedra era sempre várias pedras, assim infinitamente. E mais não questionei: assim como hábitos próprios, o cavalo também tinha sua própria matemática.

Alguns meses depois, adaptara-me com relativa facilidade à nova situação, embora fosse irregular o horário das refeições e de dormir. Ao clarear um dia, achei-me irrequieto e estranhamente pensativo. Um pouco antes da hora do almoço, investigando algumas pontas soltas, constatei que nunca havia perguntado a Rosaline por que o cavalo tinha parado de dar ovos. Antes que eu abrisse a boca, ela apontou-me o dedo e cochichou:

— Seu colarinho está sujo, Alonso.

— Ah, sim, obrigado por avisar — respondi-lhe com a voz enrouquecida, dissimulando minha surpresa ao atinar, de um lado, com o fato de que eu vestia camisa social e, de outro, que os seus cabelos eram ruivos e compridos. — Rosaline, estive pensando, se ele parou de dar ovos pra você, vai acontecer o mesmo comigo?

— E você achava que ele ia ficar dando ovos pra sempre? Pode esquecer.

— Por quê?

— Pelo mesmo motivo que todo mundo eventualmente para de fazer alguma coisa, é claro: ninguém quer passar a vida preso no mesmo instante.

Em retorno ao meu silêncio, Rosaline sustentou uma careta por alguns segundos e, depois, saiu da cozinha. Seu rosto aborreceu-me, bem como o reflexo da minha incompreensão no seu olhar julgador. Em verdade, eu sabia que o motivo do meu dissabor era constatar que meu círculo de relações não excedia a ela e ao cavalo. Os dois olhavam-me, todos os dias, com a arrogância dos que apreendiam facilmente as coisas ao redor.

Antes de apagar as luzes e recolher-me, pela primeira vez reparei na minha sombra. Lenta, pesada, circundava o cansaço dos meus membros, transformando-os numa mancha cinza disforme. Era como se outras sombras cobrissem a própria sombra, que parecia existir mais do que meu próprio corpo.

Ao clarear do dia seguinte, ou de outro, acordei e não dei com o saco de pedras. De todos os meses cuidando dos ovos, não houvera uma única manhã em que Rosaline tivesse se esquecido de abastecê-lo e deixá-lo ao lado da minha cama de toalhas de mesa.

Depois de ganhar a porta, senti rodar-me a cabeça, como se me faltasse o apoio do solo. Minha vista, aclimatada a um branco perpétuo, demorou alguns instantes para se acostumar às outras cores do lado de fora. Ao endireitar o queixo, ocorreu-me que eu mal me lembrava de um dia ter estado fora da cozinha. Ao ver Alice no caixa, emburrada e altiva, percebi que havia algo de errado.

— Onde está Rosaline?

— Saiu.

— E aonde foi?

— Comprar uma touca. Houve uma nova exigência e ela agora precisa trabalhar cobrindo a cabeça. Está irritada, nunca usou touca na vida. Pro seu bem, recomendo que não fique hoje fazendo a ela um monte de perguntas.

— Uma touca? E por que só ela precisa de uma touca? Ora essa, eu também trabalho na cozinha!

— Pois é, está esperando o quê?

— Eu não sei exatamente qual é o caminho.

— A saída do prédio é logo em frente, só cruzar o gramado que você vai achar o ponto. Não tem erro, sobe em qualquer ônibus laranja.

Sem apuro consegui um assento no fundo, bem à janela, e recostei-me com alívio. Comparada à cama improvisada na cozinha, a poltrona azul era incrivelmente aconchegante. Ao meu lado sentou-se alguém de aspecto curioso: as mãos suadas, os dedos trêmulos, um cachecol fino em volta do pescoço, apesar do calor que fazia. Lambia um sorvete de casquinha cuja forma me fascinou por alguns segundos. Sentindo-me cansado pela exposição a tantas novas cores, rostos e objetos, fechei os olhos. Uma espécie de instinto dizia-me que eu os abriria quando fosse o momento certo.

8

Chicória

Algo había, indefinible, en la actitud de la mujer, que despertaba sospechas, sospechas de que no procedía de buena fe, de que era la suya una comedia irónica.

MANUEL MUJICA LÁINEZ, *El unicornio*

MINHA MAIS recente descoberta é uma prosperidade científica, mágica e espiritual, porque exime astrofísicos, religiosos e outros infelizes do esforço de uma busca às cegas ou fadada a teoremas. Torno agora ela pública e livre para uso, cópia, partilha e inspiração, porque não há ingenuidade maior do que crer a si titular original de qualquer saber, vultoso ou comezinho. A receita do polpetone de nonna

Giovanna é tão verdadeiramente dela quanto do self-service da esquina, do mesmo modo que *Madame Bovary* é tão engenhosamente de uma estudante alemã em Bruges quanto do próprio Flaubert.

A crença na autoria incide no mesmo problema dos textos sagrados: a vinculação a um ponto de partida absoluto. Oscila entre a ironia e a farsa o fato de que o próprio *Gênesis*, suposto grau zero de sentido do inconsciente ocidental, seja ele uma apropriação de mitos e relatos sumérios e babilônicos. Não há novidade ou autoria nas descobertas: a constelação de Monoceros e os satélites de Urano existem há muito mais tempo que o telescópio, pouco importa a vontade dos observatórios e a teatralidade dos cientistas para nomear estrelas e luas e anunciá-las como novas. Para sempre a memória de Robinson Crusoe, que retrocede ante uma pegada na areia, pois aquele que chega a uma ilha nunca terá sido seu primeiro morador.

Essa consideração me leva a reformular uma frase: a descoberta não é minha, é apenas descoberta. Descoberta de que, em nosso mundo, existe e perdura, latente, um estado anterior, uma situação pregressa à solidão do abismo, ignorada pelas cosmogonias e pelas gentes. Sempre existiu e, no meu tempo, existia ali, na casa da vila em frente à minha. E tinha nome: dona Chicória.

Acredito ser improvável que a senhora da casa 8 fosse Chicória por batismo, apesar da imaginação acesa de alguns pais na hora de registrar seus filhos, como o meu, que decidiu chamar a filha única de Miranda, para homenagear, de uma só vez, e isso descobri com muito esforço, Carmen Miranda e Mirandinha. No caso de dona Chicória, o apelido, contava-se, vinha do tempo em que moradores antigos, recém-chegados na vila, cumprindo o mais tradicional dos protocolos de interação, perguntaram seu nome e, em resposta, a já idosa mulher mascara algumas letras que se soltaram dos amarelos de sua boca, gerando fonemas estranhos, de modo que o mais próximo já apreendido era mesmo algo como "chicória".

Em razão da incomunicabilidade, os quase nada indiscretos moradores pouco sabiam sobre ela, fato que nada impediu que dela se dissesse todo tipo de coisa; não é descoberta dos gênios ou novidade dos estudiosos que a consequência final da ignorância é a fabulação. Pululavam os disparates e pilhérias sobre a moradora do 8, sendo comum ouvir sob os varais ou entre as janelas, por exemplo, que aquela idosa corcunda e de olhos azuis fora banida da Argélia por maus-tratos de humanos. Outros diziam que não passava de uma hippie vinda de Marajó que replantava sementes de boldo, e a carne de algumas línguas ásperas já fizera espalhar até que dona Chicória mantinha em casa um garoto repugnante que mal sabia articular palavras e gestos, e que escapava à noite gritando às portas dos moradores meia dúzia de palavras de baixo calibre. As crianças, preceptoras na arte da concisão, ao ouvirem as diferentes narrativas simplesmente a chamavam bruxa. Até porque não é segredo a ojeriza, entre os menores, pelas verduras amargas.

Foi por tão caricata quanto honesta falta de açúcar que, cobiçosa por um café adoçado, num certo sábado à tarde troquei minhas ridículas pantufas de pônei por um tênis esportivo e bati à porta de dona Chicória, já que os vizinhos mais imediatos eram orgulhosamente desagradáveis. Ao toque-toque uma voz arranhada e aguda devolveu imediata "Diga quem é". Não cheguei a ter medo, mas senti uma coceira onde ninguém sente, e eu trocaria essa sensação por todo medo do mundo. Retrocedi um passo para digerir entre os dedos dos pés um par de estalos bruscos, como buscando extrair das minhas frieiras alguma resolução, afinal as palavras haviam saído dela com articulação perfeita, coisa nunca antes ouvida. Arrastei-me até a janela entreaberta da fachada; dela escapava um chiado alto e incômodo, e naquele quadro de molduras carcomidas e mal pintadas eu podia ver, ao fundo, uma televisão de tubo, ligada, sem sinal.

Entre meus olhos e a TV, o alto encosto de uma poltrona de veludo verde só deixava ver, sobre o braço esquerdo, uma mão velha apegada a um controle remoto. A mão oscilava minimamente e, na televisão, o chiado se suspendia por um segundo talvez exato, e o 1 verde-claro que se contorcia sobre a granulação ruidosa era substituído por um 99 bruxuleante; depois 1 outra vez, e então 99, assim se repetindo como se alguma coisa sinistra fosse acontecer. Depois de alguns minutos, porém, ainda alternando entre dois canais sem sinal, mais provável era que dona Chicória tivesse simplesmente virado o juízo, talvez por minha culpa, que inaugurara a irritante possibilidade de intrusões ao bater na porta. E alguns minutos eram muita coisa também para eu ficar parada bisbilhotando pela janela do 8 sem que outros moradores, procurando através das próprias janelas, não fossem seduzidos e se juntassem à observação.

Então começaram a se acumular os vizinhos.

O amontoado de gente a certa altura era tão ruidoso quanto o chiado da televisão, e as pessoas ali reunidas levantavam hipóteses das mais banais até as mais esdrúxulas. A enfermeira do 13 chegou a convencer boa parte dos presentes de que dona Chicória estava morta, mas toda presunção de morte ia abaixo quando batiam na porta, como teste, e em resposta ouvíamos a mesma frase: "Diga quem é". E assim duas, três horas seguidas, e em determinado momento, enfastiado com o alvoroço, um rapaz de braços fortes e cabelos poucos determinou que se organizasse uma fila para regulamentar a atração, fixando ainda um tempo máximo de observação através da janela, a ser cumprido com pontualidade, depois do qual o espectador, se quisesse continuar, devia ir para o final da fila.

A tarde se dobrava sobre nuvens apinhadas e a fila se estendia como um cordão trêmulo, mas não foi suficiente a ameaça de chuva para arrefecer a turba, que só foi se dispersar quando as nuvens se refugaram no escuro e as pessoas, em resposta à incipiência da Lua, começaram a sentir fome. Na manhã seguinte, depois de incontáveis uns e noventa e noves, a multidão já havia se desfeito quase por completo, afinal não só era domingo, o dia em que fingimos ser felizes e, para comprovar essa graça, devemos estar nos parques e cinemas, como também a derrota de uma chuva, minguada por feixes penetrantes, terminara por estender um raro arco-íris sobre a vila, paisagem que convidava mais do que uma televisão sem sinal. Eu continuei na fila com outros poucos, por acaso novos moradores, e não chegamos exatamente a ficar amigos, como suspeitei desde o princípio, mas compartilhamos algumas impressões.

No terceiro dia, quando já não havia mais do que cinco ou seis pessoas além de mim, dona Chicória seguia alternando canais. Meus joelhos desde a madrugada haviam renunciado às funções e eram incapazes de sustentar os roncos na barriga; ainda assim, contra uma possibilidade de descanso, minhas pálpebras empenhavam-se sozinhas. Já não tinha mais sentido a espera; contudo, eu não queria ser responsável por um dilema que não havia criado. Se fosse possível, congelaria essa transição, essa fissura, entre o 1 e o 99, e me recolheria. Do contrário, seria como escolher um início arbitrário, genético, 1 ou 99; sair dali em qualquer circunstância seria trocar minha descrença pela confiança nos começos absolutos. Não, dona Chicória que interrompesse.

Eu seguiria, e esporadicamente bateria em sua porta para ouvir "Diga quem é". E algum dia as pilhas do controle remoto se esgotariam. Ou haveria uma chuva forte, uma tempestade, e os fusíveis explodiriam. Ela era idosa, eu jovem, talvez ela precisasse morrer... e então? Mas o tempo seguia e a fome dela parecia inexistir, e as pilhas não se esgotavam, e a chuva, se vinha, era ressentida, e a fila sempre menor até ser apenas eu mesma. Eu estava destinada a sobrar sozinha. Sem nome verdadeiro, sem rosto, sem um corpo além da mão encarquilhada que detinha o controle, dona Chicória definia todas as possibilidades, guardiã das chaves do barranco. Durante essas giratas, a troca de canais crescia em mim como doença, e o chiado era uma ebulição em minhas veias secas.

1... 99... 1... 99... 1... 99... 1... 99... 1... 99... 1... 99...

Fechando os olhos durante um bocejo, pensei em não os abrir, indefinidamente; talvez durante a suspensão, na minha intenção apenas temporária, dona Chicória pusesse fim ao transcurso depois de algum tempo, o suficiente para assegurar meu esquecimento, sem que eu pudesse me dizer testemunha ou partícipe da interrupção. Imóvel nesse esforço, meus ouvidos a cada instante melhor se aclimavam ao forte chiado, e mesmo sem vê-los, minha mente ilustrava o verde-claro dos números sobre o cinza granulado da televisão, únicas cores existentes, piscando à minha frente, eletrizando meu corpo e formigando um dos meus braços. Em algum vão remoto da mente, inexplicável, batidas secas sem controle me desviaram do transe, forçando uma subida irritada das minhas pálpebras, restando aos meus olhos outra vez a infindável mudança de canais. Reconhecendo o som da batida que me perturbava, perguntei-me, recostando a cabeça no veludo da poltrona, por que a pessoa não se identificava de uma vez. Minha voz saiu rouca: “Diga quem é”.

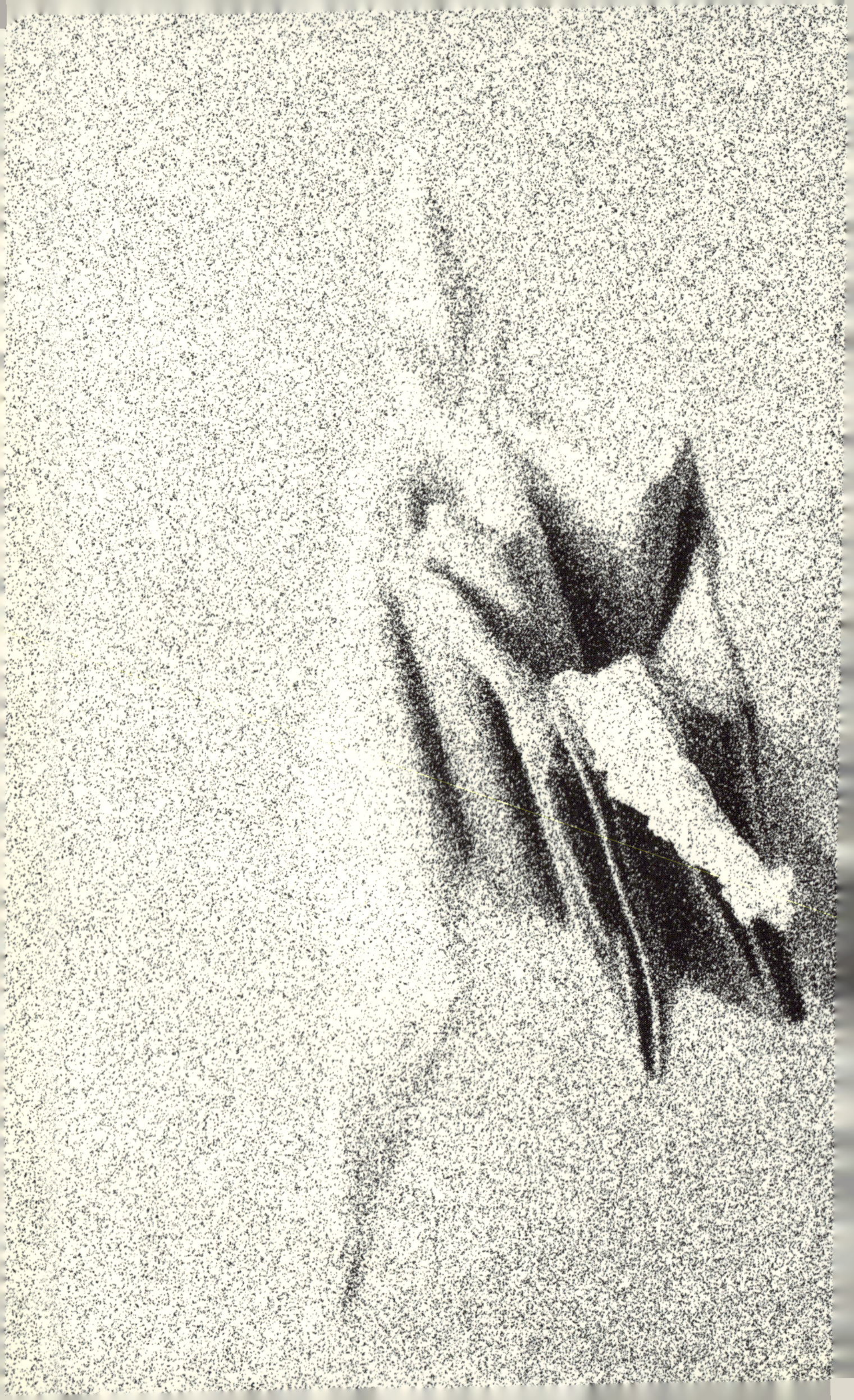

9

A formiga

Sobrava tempo para tudo, principalmente para o esquecimento.

Silvina Ocampo, "O castigo"

De frente para a penteadeira, na falta de espelho Lionel olhou para uma formiga esmagada na parede. O abdome, mesmo rompido, mantinha a crocância anterior e a cabeça, arrebitada pelo rigor do dedo grosso, parecia um pequeno prego. O quarto era tão branco que o breve cadáver, feito nódoa, implicava uma interrupção da ordem natural.

Evitando de lamber os dedos, Lionel dobrou as próprias pernas, idênticas às do inseto, e se esticou na cadeira que um dia fora maciça, deixando que a mão enorme metesse uma e outra vez a colher de sopa no vidro de um quilo de geleia de pera com limão. O rótulo, mínimo, mostrava um pato branco de gravata e a inscrição 1918, ano em que a Fundação entrara para o ramo das geleias. Estando ali trancado, indiferente à varanda vazia e de costas para a porta esquecida, as pequenas distrações eram como uma memória antiga: grandes indícios. E nos intervalos entre coisa alguma e qualquer outra, Lionel entocava à boca uma colher cheia do doce azedo inexplicável, oferecendo à língua as gengivas altas, e inflava o peito musculoso com um ar de grande importância; proibido de comer carnes e ervas de qualquer tipo, sob pena de morte, a geleia era seu único sustento. Assim abastecido, dançava o reto de sua coluna contra a escoliose de madeira. Era um instante de comando.

Um instante é suficiente. Em especial no caso de Lionel, que não faz a menor ideia do que vai acontecer. Há sempre um tempo, futuro, que se esconde no momento de sua irrupção. No caso deste conto, o entremeio em que um novo personagem, Jabu, assaltará com um pontapé contra a porta, apontando a pistola com a mão esquerda. Mas será como se Lionel já soubesse disso, tamanha é sua imponência diante do fato.

Fique calmo, Jabu, e ao pedir isso sem tirar da bocarra a colher melada era como se mastigasse um rugido antigo e interdito. Girando consigo a cadeira manca, olhou para a varanda de qualquer modo que não de soslaio, para ouvir do estarrecido viajante Como você sabe meu nome? Pequeno e esbaforido, mais esbaforido que pequeno, era como se tivesse chegado ali a galope. À camisa em farrapos, violeta, faltavam os botões habituais, substituídos por um único botão de ouro. O braço direito, tão colado ao corpo, parecia o prolongamento maldito de alguma deformação no tronco. Não oferecia intimidação.

Sugerindo em tom mandatório que abaixasse a arma para conversarem, Lionel estocou a colher no pote de geleia e o apoiou na penteadeira com um gesto premeditado. Vai, senta na poltrona, falou grave apontando uma cadeira acolchoada que até então não tinha entrado na história. As mãos de Jabu não eram trêmulas nem cheiravam frias ou ardentes; a direita mal se aguentava de tão tensa e a esquerda não era nada senão o intermédio da iminência. Havia um vazio em seus movimentos, uma fingida displicência, e Lionel não deixou de reparar que o outro retraía o ombro direito, como se recém-lesionado. Acatando a sugestão, Jabu abaixou-se cauteloso, apoiando o cotovelo esquerdo no estofado e mantendo o bastão de ferro em riste. Inspirou pela boca, e com lenta irritação soltou o ar pelo nariz. Seus olhos, fixos na penteadeira, pareceram por um momento alhear o corpo, como se ele tentasse esticar da cabeça um vértice de memória, comer a geleia com as órbitas ou organizar uma frase em japonês. Lionel sentiu-se orgulhoso; gostava de que desejassem seu alimento. E súbito deteve a desenvoltura da atração pelo laço da fala.

Olha, Jabu, chegar aqui não é brincadeira. Muitos cavalheiros tentaram e não conseguiram, e conforme Lionel falava era como se o invasor, vidrado no doce, aos poucos se esquecesse da lesão e adestrasse o braço. Eu sei como você tá se sentindo, eu sei que a Fundação é confusa e que você não sabia da minha existência até agora, é como a velha história da cabra e o escorpião, conhece? Não quero saber de história nenhuma, eu quero saber quem é você e como sabe meu nome, Jabu lançou uma baba ao responder, quase tossindo, como se submergisse a um afogamento, e a polpa de seus olhos brilhou por um instante, surpreendendo-se ao descobrir a própria saliva, que lhe pareceu uma gota mágica.

Não era porque franzino que Jabu deixasse de falar com a própria medida. E que assim fosse, pensou Lionel, mas não por isso afrouxaria as rédeas. Ok, Jabu, eu vou responder suas perguntas, mas antes eu quero que você vá até a varanda, ou nada feito. Mesmo sentado, Jabu pisou o chão com uma força admirável, provocando Lionel, cujas pernas de formiga jamais seriam capazes de responder àquele desafio, e saiu com agilidade em direção à pequena varanda, sem baixar a guarda do punho letal. Chegou a esbarrar na parede antes de estacionar, selado na certeza de seus joelhos. Jabu mal teve tempo de calcular a obviedade da cena antes de ouvir Lionel dizer Muito bem, agora quero que você pule.

Bastou um naco da palavra "agora" para Jabu entender que, por mais que Lionel sorrisse, não trotava com ele. Insultado e certo de que aquele era seu limite, Jabu assestou a arma e, enquanto encarava o outro sentado à penteadeira, desviou levemente os olhos para a parede manchada; a mão direita, muito mais tensa do que antes, ganhou a altura do rosto e projetou dois dedos sobre a têmpora. Por alguns segundos a cabeça de Jabu pareceu tremer; as pálpebras semicerraram e as sobrancelhas empurraram sulcos na testa, e Lionel divertiu-se imaginando que aquela hesitação não seria nada perto da surpresa iminente. Você não tem coragem de atirar, Jabu. E talvez não tivesse, mas ao ouvir seu nome relaxou o rosto e desfez a pose da mão direita, levando-a como apoio para a outra. Era questão de puxar.

O estalido apático, menos vivo que um tric, investiu Jabu em seu estado bruto anterior. Desesperando-se diante da calada, trocou de mãos a pistola, cedendo ao exagero de premer o gatilho várias vezes, tric tric tric, como se a repetição fizesse a perfuração pretendida no corpo estranho. De tão descrente, levou o queixo ao peito, ignorando a risada exagerada de Lionel, então erguido da cadeira, e andou de volta até a poltrona. Antes que pudesse tricar a esmo mais uma vez, despencou ao pé dela, impedido de saborear o conteúdo do vidro que lhe acertara as costas da cabeça. Em pé, satisfeito com o arremesso, Lionel abaixou-se e virou o corpo de Jabu para encará-lo; a testa, cutucada pelo piso, gritava tudo o que a pistola silenciara, mostrando uma estranha vibração. Mesmo inerte, Jabu ainda soltava ar quente, estabilidade que seria resolvida na varanda. Tomando da boca a colher, que deixara pendendo do beiço durante o percurso diagonal, Lionel recuperou do chão o pote de geleia ainda firme e voltou para a penteadeira.

Duas colheres cheias eram justa medalha diante de mais uma vitória. E o sabor da pera fazia o poder. O doce azedo inexplicável. Impossível. Impossível que aquilo estivesse acontecendo. A excitação do momento não justificava o tremor no pescoço, os espasmos nas mãos fortes, o concerto dos tecidos do tronco, o início de uma confusão mental. O peito arfava e parecia dobrar de tamanho enquanto apenas as pernas permaneciam quietas. Seria um engasgo tolo? Não fazia a menor ideia. A cadeira, mambembe, não suportou seus movimentos e arrebentou. Lionel não chegou a se perceber no chão. Não houve tempo para imagens nas pupilas, faróis de escuridão, fotografias na cabeça. Nada. Onde estavam suas memórias? Onde estavam seus desejos proibidos? O que aconteceria agora? Perguntas que nunca teve tempo de se fazer. Seu corpo seria removido dali e o quarto térreo serviria a um novo morador. Numa manhã amena e desimportante, as portas da Fundação se abririam para Lionel, o último de sua espécie. Porque falhou em perceber, depois do tiro frustrado de Jabu, que a parede da penteadeira estava outra vez apenas branca. Porque se esqueceu de um princípio elementar e, como uma plateia desatenta, se concentrou na mão errada do mágico. Porque para os esquecidos há sempre um castigo.

10

Agora posso acreditar em unicórnios

Get your hot rods ready to rumble
'Cause we're gonna drink until we die.

Lady Gaga, "Highway Unicorn (Road To Love)"

Porque não havia alternativa, amanheceu.

Os fachos luminosos bateram a veneziana entreaberta e esfumaram-se sobre minha cama. Um vento travesso assoviava pelas frestas e endurecia meus lábios, frios e ressecados, enquanto eu com o nó dos indicadores furtava o humor viscoso dos olhos, antes mesmo de embatucar o celular que se comovia em apitos nervosos sobre o criado-mudo. Naquela manhã mais uma vez o colchão era ortodoxamente macio e os lençóis, tipicamente brancos. A sede intensa, a náusea e o comichão no couro cabeludo eram tão certos ao acordar como o roteiro daquele sábado, reproduzido uma vez por mês, havia quase um ano, e que então, para emular atmosferas de novidade, acontecia de ser arejado por um ronco grave na barriga. Ainda na cama, alcancei uma garrafa d'água sobre a mesa e a esvaziei em goles sôfregos. Suspiro, pés, chão: tirei a samba-canção das pernas, perdendo-a ali mesmo, e marchei do quarto ao banheiro para atender ao aviso ruidoso e obedecer à regra geral de se pôr fora o peso excessivo do ventre.

A etiqueta entérica foi potente porém profundamente asseada, o papel imaculado mesmo depois do firme atrito, o final de rolo bem mantido, daquelas experiências raras e edificantes para o moral, autonomia suficiente para as paixões matutinas e as oníricas interrompidas, assegurando que o banho pudesse transcorrer sem liberações, apenas uma nota mental: comprar xampu. O celular acusou 08:31 enquanto as cerdas sovavam o tártaro de um dos caninos e, na falta de uma libra de carne, apressei a cerimônia em troca de um fio de sangue. Entrei no jeans franzido do dia anterior, dormido sobre a cômoda, e passei um café desleixado, ocupando meus dedos inquietos, durante o tempo de fervura, com uma espinha mínima que beijava meu mamilo esquerdo. Traguei duas xícaras apáticas, entre elas intercalando os comprimidos em pernoite sobre a bancada da cozinha, e guardando a cartela no bolso livre da frente; de volta ao quarto, sorteava uma camiseta cinza qualquer quando o celular se agitou com uma chamada.

Não me deixei ser pego de surpresa por Alonso dizendo que se atrasaria, ele o ocupante, com larga folga, do posto de pessoa mais irresponsável, negligente, arrastada e sem-noção que eu conhecia. Quando queria, e também quando não, sabia ser um verdadeiro filho da puta. Em todas as famílias sempre tem um filho da puta, mas eu evitava o epíteto porque, tomado na fibra do verbo, a ofensa recairia sobre minha própria mãe. É que Alonso era foda. Eu não tivera nem bem três horas de sono para estar de pé às oito em ponto, por isso assim que ele interfonou para subir, quase uma hora atrasado – na crença de um café ou pão com manteiga, já que nas últimas vezes eu me fizera parecer receptivo –, fiz questão de dizer ao porteiro que mandasse meu irmão esperar na saída da garagem.

Sua mão venceu a porta dianteira, por ela se infiltrando uma mochila que Alonso relaxou sobre o tapete com cuidado insensato, tomando o assento de passageiro e provocando um "bom dia" sorridente para depois, compensando a cautela anterior, bater a porta como um Atlas condenado. Eita, foi mal, irmãozinho. Continuava com o cabelo longo e reduzira o rosto a uma barba rala, composição que lhe fizera bem. E estava mesmo bem, ao menos em relação à primeira corrida com aquele propósito: ganhara massa muscular, ajustara a postura, usava camisetas menos largas e exalava uma autoconfiança moderada. Mas assim como a média das pessoas, o conjunto dessas oscilações externas em Alonso era sintoma de uma durabilidade intestina, nele invariáveis as fibras mais recônditas de sua natureza, a maior evidência disso o fato de que continuava um puta tagarela. Matraquinha dos desertos, era como um tio o chamava quando pequeno. Eu me lembro de perguntar para minha mãe por que desertos se na cidade chovia tanto, ela explicava que era um jeito de dizer infernos sem precisar dizer o nome feio.

O céu aberto derramava um calor agradável para se pegar estrada, pensei ainda na cidade, e por acaso tentei me lembrar de qual fora a última vez que estivera na praia, os fios dessa não-recordação atados em nós compostos pela língua endiabrada de Alonso, que papagueava como se ignorasse o fosso que se abrenhava entre nós. De tão alheio ele narrava e remendava, ria e repetia, vangloriando-se de suas peripécias das últimas semanas, falando sobre uma tal escritora que conheceu num bar. Preferindo a condição de ouvinte de um monólogo à de participante de um diálogo, eu deixava que continuasse. É que eu tava mamado, mano, e não lembro muito, mas cê ia gamar nela, só sabia falar de livro, tive até que abrir seu facebook e decorar uns posts seus enquanto ela tava no banheiro. Sério, essa Laís é massa, dá curso e tal, aí cê não sabe: dei uma ideia de conto pra ela, que cê não acredita, ela vai levar pra aula como exercício!

E o melhor: eu peguei a ideia do letreiro, manchete, sei lá o nome, do programa do Datena que tava passando na TV do boteco!

Foi só quando chegamos na estrada que meu irmão calou a boca. Por dois minutos: resolveu que estava cagado de fome, palavras suas, e, como não tinha subido no meu apartamento para uma boquinha, precisava parar em algum posto de estrada. Naquele mês, explicou, estava seguindo à risca uma dieta hipercalórica que exigia o consumo de carboidratos de tantas em tantas horas. De tantas e tantas bobagens.

No breve intervalo de silêncio da minha espera numa vaga em frente à loja de conveniência, pude sentir sob a pele do rosto e do pescoço o pelejar das veias contra a carne. É nesses momentos que vêm as reflexões mais transparentes: que tempos eram aqueles em que a cota ia até o comprador e não o comprador até a cota? Picado por outros pensamentos decorrentes, levei a mão ao bolso traseiro do jeans, resgatando uma nota de cinquenta reais, a segunda falsa inovação naquele sábado, como outros tantos, servindo de chofer para que meu irmão vendesse sua droga a uns playboys de alguns condomínios de Itapecerica da Serra.

A droga era de fato sua, uma marca sua, com nome próprio, popularizada entre os bacanas de toda a serra de Paranapiacaba; era um tipo de LSD conhecido como UNI, porque, diziam, os selos de uma cartela inteira compunham o desenho de um unicórnio, embora alguns usuários jurassem que tinha esse nome porque, em suas alucinações coletivas, se viam correndo por uma estrada arco-íris infinita. Alonso, por sua vez, rechaçava uma e outra versão, assegurando com o fervor da autoria que a estampa de unicórnio era posterior à nomeação, esta surgindo depois dele mesmo ter experimentado uma alucinação em que viu brotar no meio da sua testa uma casquinha de sorvete, sentindo uma pontada no mesmo lugar; piada pronta e às avessas, eu pensava, lembrando-me de Antônio, amigo e principal comprador de Alonso, que prometera a ele cobrir de porrada o "brother" que transara com sua namorada, sem saber que, naquele caso, confidente e destinatário da ameaça eram a mesma pessoa. Contra a lógica estéril da verossimilhança, sempre considerei as três versões compatíveis e complementares.

Alonso voltou para o carro equilibrando um croissant recheado, algumas paçocas e um Gatorade pela metade. Nem ofereço o *gator* porque cê não curte maracujá, mas come uma paçoca, Basti, cê tá magro, daqui a pouco vai reclamar que dez por cento não dá nem pro almoço. O valor em si não era pouco, longe disso, até porque meu irmão também pagava a gasolina, mas, fosse pesar com os dois olhos o risco a que eu me submetia, dez por cento era bagatela. Mas meu cálculo obedecia a uma matemática mais direta: se quisesse cair fora do país, eu precisava acumular uma quantia considerável em pouco tempo, e a correria da semana não bastava. Meu irmão, por sua vez, não tinha CNH – e é claro que, acaso pego, a ausência de habilitação seria o último de seus problemas – e precisava de alguém de confiança para ajudar nas entregas mensais, sem falar na sugestão, absolutamente fictícia, de escolta e represália que minha presença oferecia em caso de necessidade.

No Natal passado, eu e Alonso nos encontramos no supermercado e, sem que eu tivesse perguntado, ele jurou que só expandira os negócios depois da morte da nossa mãe, embora eu duvidasse e, acima de tudo, não me importasse nem um pouco. Não me importava e tampouco me custava admitir: meu irmão, com seu LSD, foi quem garantiu algum conforto na minha vida, quitando as dívidas deixadas pela mãe sobre os dois apartamentos e comprando aquele em que eu morava, sem nunca ter me cobrado aluguel. Se expandira antes ou depois de sair da empresa em que trabalhava, se por isso ou por aquilo, foda-se; cada um faz o que precisa fazer enquanto tem alguma força para seguir fazendo e precisando fazer. Eu dirijo, Alonso também, ao seu modo.

É mesmo forte o magnetismo de algumas palavras, ainda que apenas imaginadas, pois bastou que eu pensasse na mãe para que, assim que deixávamos para trás a entrada de Embu das Artes, Alonso recolhesse os fios das próprias luxúrias para desenrolar uma prosa de seio comum, de improviso rememorando algumas estripulias da infância, como o episódio em que eu o ensinei a fingir para a mãe que tinha cortado os pulsos usando ketchup, ou o dia em que fingi que havíamos nos perdido na praia, embora eu não tivesse perdido de vista, em nenhum momento, as pernas da mãe. Chorei pra caralho esse dia, Basti, seu cuzão! Difícil era entender o motivo daquele passadismo repentino, embora eu preferisse não estender a Alonso a chance da explicação; deixei apenas que professasse seu sopro escuro no porão da memória, com certeza algo menos irritante do que assistir em silêncio à celebração de suas licenças. E como cronometrando o tempo de suas palavras, assim que entramos em Itapecerica houve mais uma mudança de disco, brusca, de cujo diálogo nascente fui incapaz de fugir.

Basti, é na terça-feira que cê faz trinta e um, né?

Quarta.

Isso, quarta! Eu tava pensando, ano passado cê tava animado pra comemorar, tinha até decidido convidar seus amigos que não via faz tempo, aí a mãe, né...

Esquece, Alonso.

Pera aí, só ouve. Eu ia falar, cê não toparia armar tipo um churrasco, eu banco, de coração mesmo, queria aproveitar que a gente voltou a se falar melhor e tal.

Eu não ligo pra aniversário, você sabe.

Foda-se que é aniversário! No final é uma desculpa pra encher a cara, pô!

Alonso, se você tá querendo me chamar pra tomar uma, não precisa ficar de melindre. Só chama.

Mas eu quero saber se você toparia tomar uma não só comigo, mas com uma galera, sabe, dar uma socializada, conhecer umas minas. Qual foi a última vez que você guardou no molhado, Basti?

Beleza, Alonso, deu pra entender. Olha, o negócio é que eu nem conheço gente suficiente pra caber no conceito de galera.

Sebastian, irmãozinho, por um segundo esquece que você é um puta crânio e larga mão desse negócio de conceito, mano. Que porra, tô chamando pra beber, não pra analisar o estudante doido lá que mata a velha mão de vaca.

Cara, você tem ideia do que tá falando?

Sei lá, nunca terminei de ler aquela porra, não dava nem pra decorar o nome dos personagens. Mas Basti, eu entendi, tudo bem. Você não conhece gente, não fala mais com seus amigos, beleza. Teu lance agora é rodar na madrugada, saquei. Então deixa que eu mesmo organizo, eu chamo meus amigos, eu falo pra chamarem os deles, falo que o churrasco é meu, se for o caso. Eu só quero saber se você iria, sem frescuraiada de conceito, só diz se topa ou não topa. É passa ou repassa.

Ué, quer fazer, marca aí, não tenho frescuraiada nenhuma.

Então se eu marcar hoje um puta churrascão cheio de galera, cê jura que topa?

Hoje?! Quase onze da manhã, a gente em Itapecerica, e você consegue armar um churrasco?

Se eu marcar, você vai?

Vou.

Quando a nossa entrada foi autorizada no primeiro condomínio, não pedi a Alonso, como eu sempre pedia, que acelerasse a entrega. Saboreando minha porção de vileza, e misturando-a com a sede que eu começava a sentir, tanto melhor se ele se demorasse em cada passo, porque, desatinado como era, capaz que de fato fizesse por voltarmos logo para São Paulo para organizar um churrasco de última hora, cuja anuência eu oferecera apenas a fim de que desertasse a matraca, coisa que ele reforçava não ter nenhuma intenção de fazer. Ah, Basti, esqueci de te falar um negócio meio sério: o Toni não me paga faz duas entregas já, veio com papo de corte de mesada, menos comprador no condomínio e sei lá o quê, então hoje eu vou dar uma cobrada firme nele, mas vai ser de boa. Qualquer coisa, fica esperto, beleza?

Parei o carro na frente da casa de Antônio, o amigo que Alonso conhecera na faculdade e que se tornara seu maior comprador, além de principal depositário de chifres. A rua tinha mais carros ali parados do que de regra, na certa as famílias ricas aproveitando o bom tempo depois da borrasca da noite anterior, que é o único momento em que costumam se reunir. Meu irmão saiu puxando a mochila para as costas, deixando cair a garrafa de Gatorade sobre o banco, e só quando a porta do passageiro tombou seca eu mastiguei o aviso que ele cuspira aos quarenta e oito do segundo tempo. Passava a fazer mais sentido que tivesse começado a encorpar; devia ter chegado àquele ponto de seus negócios em que as intimidações estéticas emprestavam o véu da sisudez. Desci por completo o vidro do passageiro e acompanhei seus passos pelas pedras lisas do jardim externo ao lado da garagem até bater na porta.

Antônio empolava camisa polo rosa, bermuda branca e chinelos; ele e Alonso se abraçaram e, em vez de entrar na casa, como de praxe, meu irmão abriu a mochila ali mesmo, cochichando alguma coisa que não pude ouvir. A conversa já durava alguns minutos, Antônio parecia ser quem não fazia questão de dar fim ao encontro, situação inédita, o que me fez intuir que alguma coisa não fazia sentido. Irritado e com sede, arrependido de não ter dito a Alonso que comprasse para mim uma água na conveniência, minha mão já se automatizava para ligar o carro, como forma de repreensão, quando meu irmão gritou: tá me tirando, playboy? E repetindo essa mesma frase ele deu um passo para trás e levou a mão esquerda para o interior da mochila, e eu, porque dividido entre incrédulo e estressado, demorei mais do que o razoável para entender que era um revólver o que

Alonso manejava. Com o cano em riste ele empurrou Antônio para dentro da casa e bateu a porta com a mão livre.

Um gosto sórdido arranhou-me o céu da boca e minha cabeça latejou, erguendo-se da magra almofada do meu ombro, e eu me perguntei se tinha desmaiado, o que fui obrigado a responder positivamente assim que me percebi ocupando o banco do passageiro. Meus braços e pernas dormiram por alguns segundos esperando que os ouvidos comunicassem ao sistema nervoso central o som de um tiro para que paralisassem de vez, desfecho que não se poderia dizer de todo fortuito. Só nunca imaginara que seria meu irmão, e não outro cara, aquele a empunhar uma arma. Indecifrável é a mecânica dessas experiências: eu de repente me descobri girando a maçaneta da porta e entrando na casa, achando uma sala aparentemente luxuosa, de cujas características restaram na memória apenas a profusão de quadros e lustres, além do piso, doído de tão branco, que refletia até as molduras dos primeiros.

Chamei por Alonso duas vezes, sem resposta; depois por Antônio, e nada. Como se às minhas costas um gancho invisível me puxasse de volta para o carro, tive de projetar à força o tronco com a tração das minhas pernas, talvez nesse recuo inconsciente a reflexão de que eu já concebera mais de dez situações em que acharia de bom grado acabar cercado por policiais por conta de um homicídio e, em nenhuma delas, seria por causa de Alonso. Um lapso derradeiro de valor me obrigava a resolver minha própria decadência sem os dedos do meu irmão. Mas contra essa força invisível existe – e só ali eu a experimentei de verdade – uma outra força, das profundezas das águas do corpo, capaz de fisgar o mais cético dos renunciantes e coagi-lo a ações em prol dos seus, e foi esse motor estranho que me fez seguir pela casa, arrastando-me, mantendo os olhos bem abertos para a desgraça pendente. E assim arrebatado eu teria prosseguido, não fosse uma minúcia, um capricho, um erro de cena que me rebocou de volta à realidade. Depois de tropeçar num degrau inexistente, descobri que o fim da sala dava para uma grande porta de vidro, que deixava ver uma extensão de gramado verde; na transição entre os âmbitos, porém, um par de chinelos jogados, os pés muito afastados de si, um deles virado. Estacionei as pernas com os olhos tortos nesse enquadramento: os chinelos e sua disposição gritante, exagerada. Quem é que, em corrida, por prazer ou perseguição, deixa sair dos pés os chinelos daquele jeito? Foi esse deslize que determinou tudo o quanto veio a seguir.

Posso jurar ter ouvido os sons de pessoas celebrando o equívoco de minha ilusão, e foi como se esses sons vibrassem em cada pedaço meu e depois saíssem de mim como fumaças coloridas, pelos olhos, boca e orelhas, cortando os nós da minha pele, deixando meu corpo ali plantado, e esses vapores espessos, ganhando altura, flutuando, compunham algumas imagens: xícara café Alonso carro estrada praia pernas aniversário revólver Antônio chinelos. Avancei em direção à porta de vidro até que as cores no ar, dançando, esfumaçaram nova aquarela: trinta, talvez quarenta, não, cinquenta pessoas, em volta de uma piscina, a churrasqueira ao fundo já exalando o suspiro de corpos vermelhos, as mulheres de biquíni, os moleques sem camisa, os óculos-escuros espelhando os últimos fiapos de sol quase a pino, todos esperando meu primeiro pé pisar o gramado do quintal para pregarem suas gritas de surpresa. E então as imagens, tão palpáveis, foram se tornando distantes, incertas, opacas, e senti minhas pernas vacilarem. Caí de joelhos e tapei os ouvidos com as mãos, tentando em vão calar a barulheira em minha cabeça.

Logo que me pus de pé não havia sons, pessoas ou banquete. Apenas o silêncio do meu corpo dolorido, uma testa em brasa e os mesmos chinelos mal jogados. Antes de dar meia-volta, cuspi no chão um sabor indefinido, cuja mancha tomou uma forma estranha, algo como se um sorriso tentasse secretar bile.

Quando olhei pelo retrovisor, meu carro estava em movimento e a porta da casa de Antônio parecia ainda aberta, era afinal provável que Alonso tivesse feito uma burrice. Por quê, Alonso? No caminho de volta meu celular tocou acho que cinco vezes, quatro chamadas de Alonso e a última de um número estranho que alternava algarismos e letras. Não queria saber mais daquilo. Desliguei o aparelho. Em vez de ir para casa, meus braços e marchas atenderam às chamadas do meu estômago e dirigi não sei por quanto tempo, como se estivesse numa pista de Mario Kart, e não foi surpresa alguma dar com meus olhos na entrada do McDonald's.

Na saída do drive-thru, arremessei a garrafa vazia de Gatorade pela janela e deixei que minhas mãos e pés fizessem o caminho que quisessem; chegando a um cruzamento, avancei até um prédio conhecido e buzinei com ardor até que o farol abrisse, olhando pelo vidro aberto, para em seguida afundar o pé no acelerador como se com esse vigor eu pudesse contrariar o ímpeto que minhas pálpebras exerciam sobre meus olhos.

Uma câmera de segurança revelaria, semanas depois, que o semáforo estava verde para mim, e que a moradora do bairro, quase atropelada, atravessava fora da faixa e com o sinal fechado. E alguns cálculos simples a partir dos dados das mesmas câmeras revelariam, por fim, que meu pé não fora capaz de afundar o acelerador tanto quanto eu imaginara, ainda que tivesse sido o suficiente para que a ambulância visitasse o pronto-socorro com um homem de trinta anos quase morto.

Levanto às oito horas. Cago, tomo banho, escovo os dentes e passo um café, fraco ou forte, não importa. Corro as notícias no celular e as páginas de algum livro até a hora do almoço; marmitas compradas aparecem na minha geladeira toda segunda-feira. Quase todos os dias baixo um filme, à toa, pois revejo sempre os mesmos. De segunda a segunda recebo e-mails de todas as partes, mensagens de gente desconhecida, telefonemas de jornalistas querendo relatar minha história. Ainda não tive tempo e disposição para lidar com essa novidade.

Uma jovem da Folha de S.Paulo insiste que meu depoimento seria – será, diz ela – uma das matérias mais lidas do mês. Sou um herói, ela fala sem perceber a vulgaridade da sentença. Fosse relatada a história sem omissão, de si tiradas algumas cataratas, eu apostaria que seria a mais lida do semestre. Eu mesmo, numa manhã qualquer, recolhendo minhas lembranças, havia esboçado uma narrativa descrevendo em detalhes a aventura como chofer do meu irmão para que ele pudesse vender sua droga. A simulação de ameaça com arma de fogo e invasão de propriedade, a crise de ansiedade, o vômito forçado, o desmaio, a decisão de entrar na casa, a descoberta de uma festa surpresa, o retorno ao carro, nenhuma lembrança da viagem de volta, os cinquenta reais no drive-thru do McDonald's, o impulso incontrolável que me fizera fechar os olhos, acelerar e percorrer mais de cinquenta metros às cegas.

E de fato: de si tiradas *algumas* cataratas, porque na narrativa fabricada estavam ausentes dois fatos. Nunca houvera festa surpresa. Meu irmão ameaçara Antônio de verdade com um simulacro e o levara até o extremo do quintal para lançar um apavoro. Em segundo lugar, antes de apagar, no carro, eu tomara três comprimidos de Clonazepam, descidos goela abaixo com o resto de Gatorade de maracujá que, e isso só depois fui saber, estava batizado com uma gota do LSD do meu irmão, miscelânea que meu corpo foi capaz de vomitar apenas em parte.

A despeito da realidade, para todos os efeitos eu era apenas um jovem professor que havia jogado o carro contra um poste para evitar atropelar uma pedestre que atravessava fora da faixa e com o sinal fechado. A história real, aquela que a jornalista que me procura toda semana diz querer ouvir, não possui razão de ser. E não é para outro fim que é paga para me atazanar: apesar de suas intenções, as fumaças dos tempos pedem uma moderação dos fatos, até que as coisas deixem de ser elas mesmas e seus arremedos possam ser consumidos à luz das expectativas da nossa atmosfera mais imediata. Não a culpo, sei como é custoso divisar o mundo através de suas fumaças coloridas. Mas sei, acima de tudo, que há coisas que precisam ser elas mesmas, cabendo a nós a aceitação. Para essas coisas, qualquer enfeite é como tentar extrair de um siso latejante a verdade dos cavalos. E por isso continuarei sem dar atenção a toda essa gente, no mínimo até que possa voltar para a rua, pois é certo que, sem os dez por cento pelos corres de Alonso, e com o aumento dos meus gastos com remédios, médicos, fisioterapeutas, comida por aplicativo e, de modo geral, gente fazendo por mim o que antes eu mesmo podia fazer, abrir mão do trabalho de motorista será impossível, embora essas causas concretas sejam apenas desculpas.

À parte isso, segue exemplar meu repouso: cama e filmes. E entre uma atividade e outra fico tomando café, ouvindo músicas do Mr. Catra e as aventuras libidinosas de Alonso. Ele me visita pelo menos três vezes por semana e repete que não sei quantas amigas dele querem me conhecer. E eu me pergunto se assistirei de novo ao filme de segunda ou de terça, se lerei um livro novo, ou se ficarei na cama tomando café, sentindo as dores sequelares e correndo o tempo e os dedos no celular.

Ontem recebi uma mensagem de Ariel, colega dos tempos de colégio, que ficou sabendo do meu acidente na semana passada e queria saber se eu estava recebendo visitas. Talvez eu dê a notícia a Alonso, pode ser que queira aparecer quando Ariel me visitar; é a única pessoa com quem meu irmão não implica, provavelmente por ser a única que fez questão de abraçá-lo no velório da nossa mãe.

Não sei, é verdade que eu e meu irmão estamos mais próximos depois do acidente, mas, observando a frequência com que recebe mensagens, além dos braços cada vez mais musculosos, é óbvio que ele e o mundo têm maiores preocupações. Melhor é deixá-lo seguir seus próprios cursos, eu também farei o mesmo. Pelo menos agora, enquanto não trabalho mais de madrugada, posso fazer o que mais me escapou ao longo do último ano: dormir.

Dormir, sim, é o que resta. Dormir, deixar esvair-se qualquer consternação, não importa o nome que a elas se dê, o mesmo valendo se forem próprios: Alonso, Antônio, a mulher que quase atropelei, acho que Bianca, Ariel, ou o maldito passageiro de sunga, André, o último passageiro noturno antes do acidente, ele talvez a origem de tudo. Somos todos atores, amigos imaginários, criaturas estranhas, vizinhos incertos e memórias falsificadas que no fim do dia se dissolvem no primeiro ar que os pulmões expulsam para fora da carne para que entre o repouso da consciência, sumindo sem deixar para trás nenhum rastro.

André Balbo nasceu em São Paulo, em 1991. É professor, editor, parecerista e produtor cultural. Largou duas vezes a faculdade de direito e fundou a revista Lavoura. Autor de *Estórias autênticas* (Patuá, 2017) e *Eu queria que este livro tivesse orelhas* (Oito e meio, 2018).

E-mail para contato: balbo008@gmail.com

Projeto realizado com apoio da Ria Livraria.

Esta obra foi composta em Arno Pro e DIN em papel pólen bold 90g/m2 para a Editora Reformatório em março de 2021.

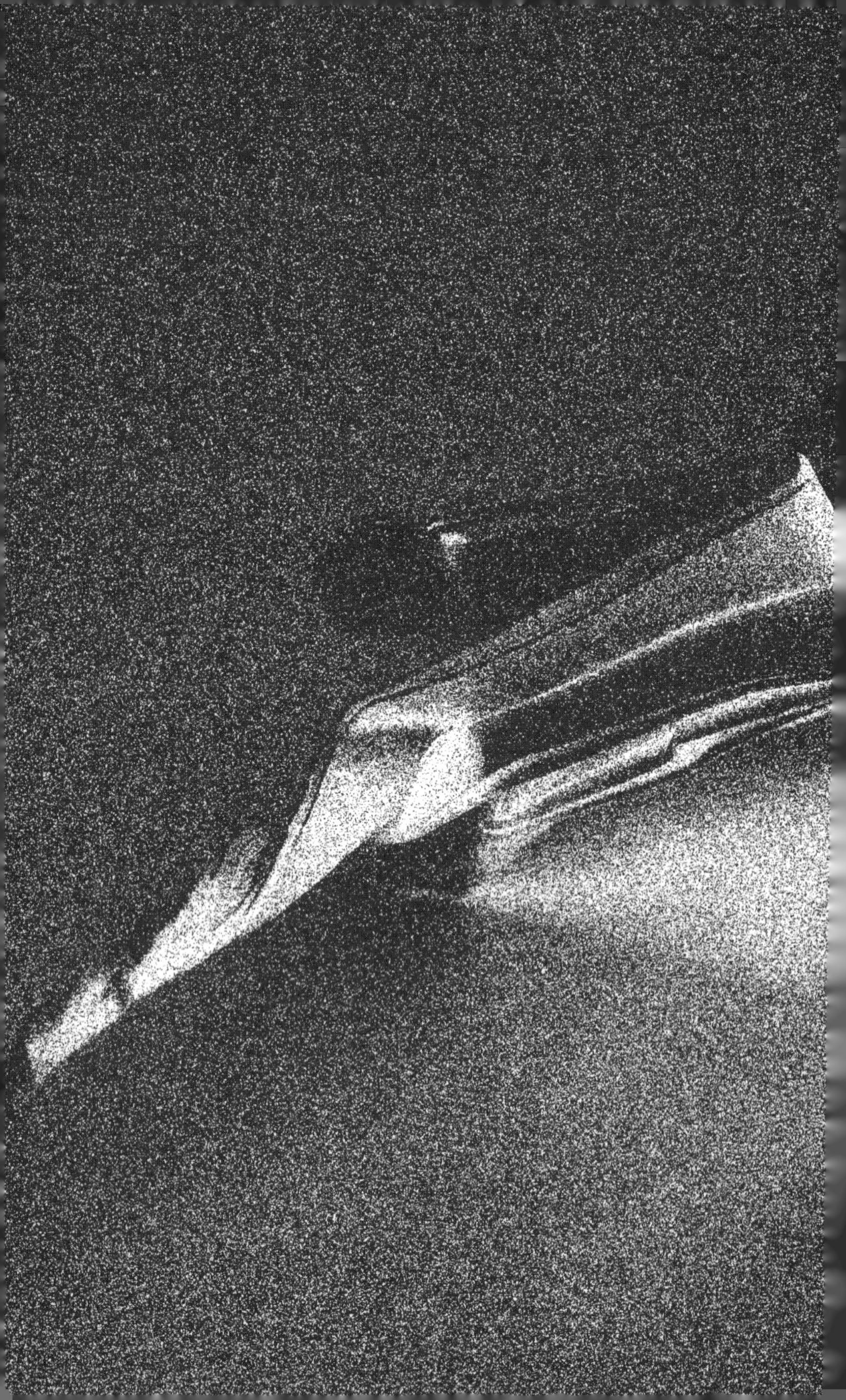

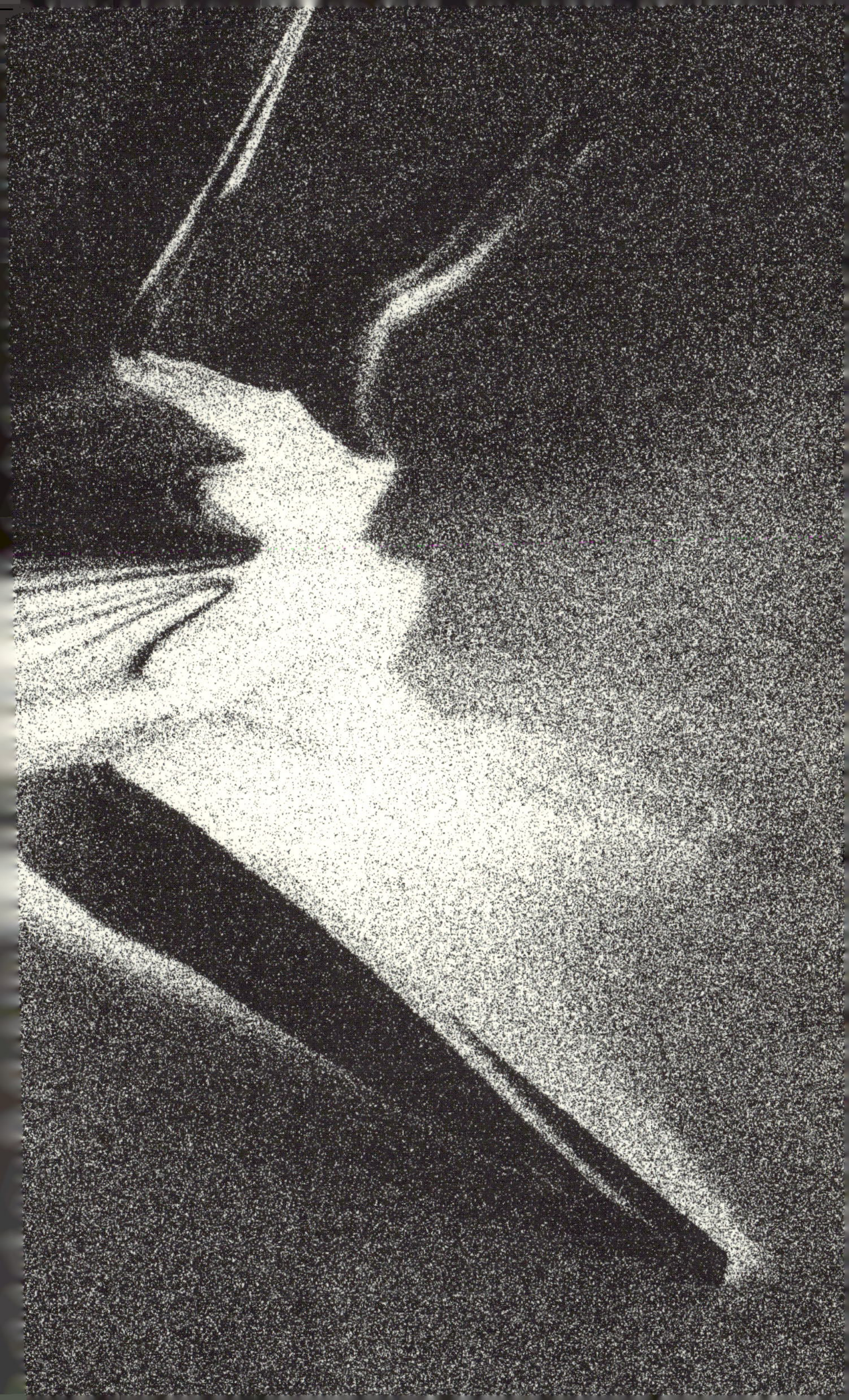